**CLÁSSICOS DA
LITERATURA UNIVERSAL**

CARMILLA

O livro é a porta que se abre para a realização do homem.

Jair Lot Vieira

Sheridan Le Fanu

Carmilla
A vampira de Karnstein

Tradução, posfácio e notas
Martha Argel e
Humberto Moura Neto

VIA LEITURA

Copyright da tradução e desta edição © 2018 by Edipro Edições Profissionais Ltda.
Título original: *Carmilla*. Publicado originalmente no Reino Unido em 1872 pela editora Bentley.
Todos os direitos reservados. Nenhuma parte deste livro poderá ser reproduzida ou transmitida de qualquer forma ou por quaisquer meios, eletrônicos ou mecânicos, incluindo fotocópia, gravação ou qualquer sistema de armazenamento e recuperação de informações, sem permissão por escrito do editor.

Grafia conforme o novo Acordo Ortográfico da Língua Portuguesa.

1ª edição, 3ª reimpressão 2022.

Editores: Jair Lot Vieira e Maíra Lot Vieira Micales
Coordenação editorial: Fernanda Godoy Tarcinalli
Tradução, posfácio e notas: Martha Argel e Humberto Moura Neto
Edição de texto: Marta Almeida de Sá
Produção editorial: Carla Bitelli
Assistente editorial: Thiago Santos
Preparação: Marta Almeida de Sá
Revisão: Daniel Rodrigues Aurélio
Editoração eletrônica: Estúdio Design do Livro
Capa: Marcela Badolatto | Studio Mandragora

Dados Internacionais de Catalogação na Publicação (CIP)
(Câmara Brasileira do Livro, SP, Brasil)

Le Fanu, Joseph Thomas Sheridan, 1814-1873.
 Carmilla: A vampira de Karnstein / Sheridan Le Fanu; tradução, posfácio e notas de Martha Argel e Humberto Moura Neto. – São Paulo: Via Leitura, 2018.

 Título original: Carmilla.
 ISBN 978-85-67097-53-4 (impresso)
 ISBN 978-65-87034-04-1 (e-pub)

 1. Ficção irlandesa I. Argel, Martha. II. Moura Neto, Humberto. III. Título.

17-10983   CDD-ir823

Índice para catálogo sistemático:
1. Ficção : Literatura irlandesa : ir823

EDITORA AFILIADA

VIA LEITURA

São Paulo: (11) 3107-7050 • Bauru: (14) 3234-4121
www.vialeitura.com.br • edipro@edipro.com.br
@editoraedipro   @editoraedipro

Sumário

Prólogo	7
I. Um sobressalto na infância	8
II. Uma hóspede	13
III. Comparando impressões	21
IV. Seus hábitos – Um passeio	28
V. Uma semelhança prodigiosa	38
VI. Uma agonia muito estranha	42
VII. Descida	46
VIII. Busca	52
IX. O médico	56
X. Consternado	62
XI. A história	65
XII. Um pedido	69
XIII. O lenhador	74
XIV. O encontro	79
XV. Julgamento e execução	84
XVI. Conclusão	88
Posfácio: sobre o autor e a obra	92

Prólogo

Em um documento anexado à narrativa apresentada a seguir, o doutor Hesselius escreveu uma nota bastante detalhada, na qual faz referência a seu ensaio sobre o estranho tema abordado no manuscrito.

No referido ensaio, ele examina este misterioso assunto com sua erudição e perspicácia habituais, e de modo admiravelmente direto e conciso. O texto constituirá um dos volumes que comporão as obras reunidas desse homem tão extraordinário.

Como estou publicando o caso neste volume apenas para despertar o interesse dos "leigos", não me anteciparei em nada à inteligente dama que o relata. Assim, depois da devida consideração, decidi abster-me de apresentar qualquer síntese do raciocínio do culto doutor, ou de citar excertos de suas afirmações sobre um tema que, segundo ele, "envolve, provavelmente, alguns dos arcanos mais profundos de nossa existência dual e seus intermediários".

Ao descobrir essa nota, fiquei ansioso para retomar a correspondência iniciada tantos anos antes pelo doutor Hesselius com uma pessoa tão arguta e cuidadosa como parece ter sido sua informante. Entretanto vim a saber, para meu grande pesar, que nesse meio-tempo ela havia falecido.

É provável que ela pouco tivesse a acrescentar à narrativa que se apresenta nas páginas seguintes com um nível de detalhamento que, até onde posso avaliar, é bastante minucioso.

I. Um sobressalto na infância

Na Estíria,[1] moramos em um castelo, ou *schloss*,[2] embora não sejamos de modo algum abastados. Nesta parte do mundo, uma renda modesta nos permite viver muito bem, e oitocentas ou novecentas libras anuais fazem maravilhas. Com nossos parcos rendimentos, jamais figuraríamos entre as famílias de posses em nossa terra de origem. Meu pai é inglês, assim como meu sobrenome, embora eu jamais tenha conhecido a Inglaterra. Mas aqui, neste lugar remoto e primitivo, onde tudo é tão economicamente acessível, não consigo imaginar como uma riqueza maior poderia nos prover mais conforto ou até mesmo mais luxo.

Meu pai serviu ao governo austríaco e, depois de aposentar-se, passou a viver de uma pensão e de seu patrimônio. Por uma pechincha, adquiriu esta residência feudal e a modesta propriedade que a circunda.

Nada pode ser mais peculiar e solitário. O castelo situa-se sobre uma pequena elevação em uma floresta. A estrada, muito antiga e estreita, passa em frente à ponte levadiça, que jamais vi erguida, e também ao fosso de águas povoadas de percas, onde os cisnes flutuam por entre flotilhas de nenúfares.

Acima de tudo isso ergue-se o *schloss*, com sua fachada de múltiplas janelas, as torres e a capela gótica.

Diante dos portões do castelo, a floresta dá lugar a um prado irregular e pitoresco. À direita, uma íngreme ponte gótica em arco permite à estrada transpor um regato que serpenteia em meio às sombras densas da mata. Já mencionei que o lugar é muito solitário, e julgue por si se é verdade. Olhando do saguão em direção à estrada, percebe-se que a floresta se estende ao redor do castelo cerca de vinte e cinco quilômetros para a direita e uns vinte para a esquerda. A vila habitada mais próxima situa-se

---

1. Província do sudeste da Áustria, na divisa com a Hungria. Em alemão, *Steiermark*.
2. *Castelo*, em alemão no original.

a onze quilômetros para a esquerda. O *schloss* habitado mais próximo, e de alguma relevância histórica, é o do velho general Spielsdorf, a mais de trinta quilômetros, indo para a direita.

Eu disse "vila *habitada* mais próxima" porque, apenas cinco quilômetros para oeste, ou seja, na direção do *schloss* do general Spielsdorf, existe uma aldeia em ruínas que tem uma igrejinha pitoresca, já sem teto, em cujo corredor jazem as tumbas decrépitas da orgulhosa família Karnstein, hoje extinta. No passado, a família habitou o palácio, também abandonado, que se ergue em meio à floresta, acima dos escombros silenciosos da aldeia.

Quanto ao motivo pelo qual esse belo e melancólico lugar foi abandonado, corre uma lenda que lhe contarei no devido tempo.

Descrevo-lhe agora o reduzido número de moradores de nosso castelo. Não incluo a criadagem, ou os dependentes que habitavam os anexos do *schloss*. Fique atento e espante-se! Meu pai, o homem mais bondoso da face da Terra, já de certa idade agora, e eu, com dezenove anos à época desta história; oito anos se passaram desde então.

Eu e meu pai constituíamos a família que habitava o *schloss*. Minha mãe, uma dama estíria, morreu quando eu era criança; e uma governanta muito bondosa cuidou de mim quando eu era pequena. Sequer tenho lembrança de uma época em que o rosto rechonchudo e benigno dessa mulher não fosse uma imagem familiar.

Com seu carinho e sua benevolência naturais, Madame Perrodon, natural da cidade de Berna, atenuou a ausência de minha mãe, de quem não me lembro. Ela era a terceira pessoa à nossa mesa de jantar. Havia uma quarta, Mademoiselle De Lafontaine, uma dama que era o que se poderia chamar de "educadora". Ela falava francês e alemão; Madame Perrodon falava francês e um pouco de inglês; e meu pai e eu falávamos o inglês, que usávamos no dia a dia para que o idioma não se perdesse entre nós e também por patriotismo. O resultado era uma Babel que provocava riso aos visitantes e que não tentarei reproduzir nesta narrativa. Havia ainda duas ou três jovens mais ou menos de minha idade que às vezes se hospedavam conosco por períodos de duração variável. Vez ou outra, eu as visitava em retribuição. Eram esses nossos contatos sociais costumeiros. Claro, de vez em quando, recebíamos a visita de "vizinhos" que moravam a vinte e cinco ou trinta quilômetros de distância. Apesar de tudo, posso afirmar-lhe que minha vida era bastante solitária.

Como pode imaginar, minhas governantas exerciam pouco controle sobre mim – uma garota mimada a quem um pai viúvo permitia praticamente todos os caprichos.

O primeiro incidente em minha vida que me causou uma impressão duradoura e terrível, a ponto de jamais tê-lo esquecido, ocorreu quando eu ainda era muito pequena, e constitui uma das primeiras lembranças que tenho. A algumas pessoas talvez parecesse tão insignificante que nem mereceria estar relatado aqui. A seu tempo, entretanto, ficará claro o motivo pelo qual eu o menciono. O episódio se deu no aposento que chamávamos de berçário, apesar de eu ser sua única ocupante. Era um cômodo espaçoso, situado no andar superior do castelo e com um teto inclinado de carvalho. Eu não devia ter mais do que seis anos de idade quando, certa noite, acordei e, olhando ao redor, não vi a ama no quarto. Tampouco vi minha babá, e pareceu-me que estava totalmente só. Não senti medo, pois eu era uma daquelas crianças que têm a felicidade de ser mantidas na ignorância quanto a histórias de fantasmas, contos de fadas e outros relatos do tipo, que nos levam a cobrir a cabeça quando a porta se abre de repente ou o tremeluzir de uma vela moribunda faz as sombras dançarem pela parede vindo em nossa direção.

Eu estava irritada e indignada, pois tinha a sensação de ter sido negligenciada. Comecei a choramingar, preparando-me para abrir o berreiro, quando fui surpreendida pela visão de um rosto, solene mas muito belo, olhando para mim junto à cama. Era uma jovem ajoelhada com as mãos por baixo das cobertas. Olhei-a, agradavelmente surpresa, e calei-me. Suas mãos me afagaram e ela se deitou na cama a meu lado, puxando-me para junto de si enquanto sorria. De imediato senti uma tranquilidade deliciosa e voltei a adormecer. Fui despertada por uma sensação parecida com a de duas agulhas cravando-se fundo em meu peito, e soltei um grito. A jovem se afastou, com o olhar fixo em mim, e então deslizou para o assoalho, parecendo esconder-se sob a cama. Pela primeira vez senti medo, e berrei a plenos pulmões. A babá, a ama, a governanta, todas vieram correndo e, ao ouvirem minha história, afirmaram que não havia sido nada, ao mesmo tempo em que tentavam me acalmar. No entanto, mesmo sendo uma criança, percebi que haviam empalidecido, e o nervosismo transparecia em seus semblantes enquanto olhavam debaixo da cama, vasculhavam o quarto, espiavam sob as mesas e abriam armários. Ouvi a governanta sussurrar para a babá: "Ponha a mão ali, onde o colchão está afundado. Alguém *com certeza* esteve deitado aí, o lugar ainda está quente."

Lembro-me da ama me acariciando e das três mulheres examinando meu peito, no ponto onde eu disse ter sentido as perfurações. Todas afirmaram que não se via nenhum sinal de que aquilo tivesse de fato ocorrido.

A governanta e as duas criadas que trabalhavam no berçário mantiveram vigília pelo resto da noite. Desde então, tive a companhia constante de uma criada no aposento, até meus catorze anos.

Por muito tempo depois desse episódio senti-me bastante nervosa. Chamaram um médico, pálido e já avançado em anos. Lembro-me muito bem de seu rosto longo e sombrio, marcado pela varíola, e de sua peruca em tom castanho. Durante um bom tempo, dia sim, dia não, ele aparecia para me dar um remédio, que eu obviamente detestava.

Na manhã seguinte à aparição, eu estava aterrorizada e não aceitava de modo algum ficar sozinha, por um momento sequer, ainda que fosse dia claro.

Lembro-me de meu pai vir postar-se junto a meu leito e, num tom bastante positivo, fazer uma série de perguntas à babá, rindo com gosto de uma das respostas. Afagou meu ombro, deu-me um beijo e disse que eu não devia ter medo, pois tudo não passara de um sonho que não podia me fazer mal algum.

Nada disso me reconfortou, no entanto, pois eu sabia que a visita da estranha mulher *não* havia sido um sonho; e eu estava aterrorizada.

Acalmei-me um pouco quando a ama garantiu que fora ela quem viera deitar-se a meu lado, e que eu não reconhecera seu rosto por estar meio adormecida. Embora a babá confirmasse tudo, a explicação não me satisfez por completo.

Lembro-me de que, no correr daquele dia, um velho venerável trajando uma batina escura entrou em meu aposento, acompanhado pelas babás e pela governanta. Ele trocou algumas palavras com elas e foi gentil comigo. Sua expressão era suave e bondosa. Disse-me que eles iriam rezar, juntou minhas mãos e induziu-me a murmurar enquanto eles estivessem orando: "Senhor, escutai as preces que fazem por nós, em nome de Jesus". Creio ter sido essas as palavras exatas, pois passei a repeti-las com frequência para mim mesma, e durante anos minha babá fez com que eu as incluísse em minhas orações.

Lembro-me bem do semblante sereno e reflexivo do ancião de cabelos brancos, vestido com sua batina negra, em pé no aposento amplo e sombrio, o mobiliário desconfortável e antiquado ao seu redor, a luz penetrando escassa através da treliça miúda da janela. Ele se ajoelhou, junto às três mulheres, e rezou em voz forte e trêmula pelo que me pareceu um longo tempo.

Não tenho lembrança de minha vida antes desse episódio, e tampouco do período imediato que se seguiu, mas as cenas que acabo de relatar destacam-se tão vívidas como as imagens de um teatro de sombras rodeado pela escuridão.

II. Uma hóspede

O que agora vou lhe contar é tão estranho que será necessária toda a sua fé em minha veracidade para que creia em meu relato. Mas não só ele é verídico como fui testemunha de tudo.

Num suave entardecer de verão, meu pai pediu, como às vezes fazia, que eu o acompanhasse num passeio pelo belo prado que, como já contei, estende-se diante do *schloss*.

— O general Spielsdorf não poderá visitar-nos tão cedo quanto eu gostaria — disse ele enquanto caminhávamos.

O general havia prometido fazer-nos uma visita de algumas semanas, e aguardávamos sua chegada para o dia seguinte. Ele traria consigo uma moça, sua sobrinha e protegida, Mademoiselle Rheinfeldt, a quem eu jamais vira mas que me fora descrita como uma menina encantadora, e em cuja companhia eu esperava passar vários dias felizes. Nenhuma jovem que more na cidade ou numa vizinhança movimentada pode imaginar o desapontamento que então senti. Aquela visita e a nova amizade que ela prometia vinham alimentando meus devaneios havia semanas.

— E quando ele poderá vir? — perguntei.

— Não antes do outono. Não pelos próximos dois meses, eu diria — respondeu ele. — E fico feliz por você não ter chegado a conhecer Mademoiselle Rheinfeldt, querida.

— E por quê? — indaguei, entre mortificada e curiosa.

— Porque a pobre jovem faleceu — disse ele. — Esqueci-me por completo de que não havia lhe contado, mas você não estava comigo esta tarde, quando recebi a carta do general.

Eu estava chocada. O general Spielsdorf havia mencionado em sua primeira carta, datada de seis ou sete semanas antes, que a sobrinha não estava tão bem de saúde quanto ele gostaria que estivesse, mas nada indicava a mais remota suspeita de que pudesse haver algum perigo.

— Eis a carta do general — disse meu pai, estendendo-a para mim. — Receio que ele esteja sofrendo muito. Esta carta me parece ter sido escrita num estado de grande perturbação.

Sentamo-nos em um banco rústico, sob um talhão de magníficas tílias. O sol se punha com esplendor melancólico por trás do horizonte florestado. A vermelhidão fugaz do céu refletia-se nas águas do regato que corre junto ao castelo e passa sob a ponte que mencionei, para então perder-se, quase no ponto onde estávamos, por entre maciços de árvores respeitáveis.

A carta do general Spielsdorf era tão extraordinária, tão veemente e, em certos pontos, tão contraditória, que eu a li e reli – na segunda vez em voz alta, para meu pai – e ainda assim não consegui encontrar uma explicação para ela, a menos que admitisse que o sofrimento havia afetado a mente do general.

Ela dizia: "Perdi minha adorada filha, pois eu a amava como tal. Durante os últimos dias de enfermidade de minha querida Bertha, não tive condição de escrever-lhe. Antes disso, eu não fazia ideia do perigo que ela corria. Agora que a perdi, sei de *tudo*, mas é tarde demais. Ela se foi na paz da inocência e na esperança gloriosa de um porvir abençoado. O ser maldito que nos cativou e traiu nossa hospitalidade foi responsável por tudo. Acreditei estar recebendo em nosso lar apenas inocência, risos e uma companhia adorável para minha falecida Bertha. Céus! Que tremendo tolo! Agradeço a Deus minha filha ter morrido sem suspeitar a causa de seu padecimento. Ela se foi sem nem menos imaginar a natureza de seu mal e a determinação amaldiçoada do agente causador de toda esta desgraça. Devotarei o resto de meus dias à busca e à destruição de um monstro. Já me disseram que posso ter esperanças de alcançar tal objetivo tão virtuoso e piedoso. Neste momento, não há uma réstia de luz sequer para guiar-me. Como amaldiçoo o ceticismo de que tanto me orgulhava, meu abjeto sentimento de superioridade, minha cegueira e minha obstinação – tudo – tarde demais. Sou incapaz, neste instante, de escrever ou falar com coerência. Estou consternado. Nem bem esteja minimamente recuperado, planejo devotar algum tempo a certas investigações que talvez me levem até Viena. Em algum momento durante o outono, daqui a dois meses ou antes, se eu ainda estiver vivo, devo fazer-lhe uma visita. Isso, claro, se me permitir. Contar-lhe-ei então o que mal me atrevo a passar para o papel agora. Adeus. Reze por mim, caro amigo."

Com essas palavras ele encerrava a carta tão esquisita. Mesmo sem jamais ter-me encontrado com Bertha Rheinfeldt, meus olhos se encheram de lágrimas ao receber tais notícias. Sentia-me confusa e profundamente desapontada.

O sol já havia se posto e já escurecia quando devolvi a carta do general a meu pai. O anoitecer estava agradável e o céu límpido. Prosseguimos nossa caminhada, debatendo os possíveis significados das sentenças violentas e incoerentes que acabávamos de ler. Percorremos mais de um quilômetro até chegarmos à estrada que passa em frente ao *schloss*, e a essa altura a lua brilhava plena. Na ponte levadiça nos encontramos com Madame Perrodon e Mademoiselle De Lafontaine, que haviam saído sem suas toucas para apreciar o belíssimo luar.

Enquanto nos aproximávamos, as vozes delas chegavam até nós num diálogo animado. Juntamo-nos a ambas na contemplação do belo cenário.

A nossa frente tínhamos o prado que acabávamos de cruzar em nosso passeio. À esquerda, a estrada estreita afastava-se por entre maciços de árvores majestosas, desaparecendo onde a floresta se adensava. À direita, a mesma estrada cruzava a pitoresca ponte em arco, ladeada pelos restos da torre que no passado guardou esse passo. Para além da ponte há uma encosta pronunciada, rodeada por árvores em cujas sombras afloram algumas rochas cinzentas cobertas de hera.

Uma fina camada de neblina espalhava-se como se fosse fumaça por sobre o relvado e as porções mais baixas do terreno, toldando as distâncias com um véu transparente. Aqui e ali podíamos ver o faiscar esmaecido do luar nas águas do rio.

Não seria possível imaginar cena mais amena ou doce. As notícias que acabara de receber davam-lhe uma qualidade melancólica, mas nada poderia perturbar seu caráter de profunda serenidade e o encantamento glorioso e irreal daquele quadro.

Meu pai – apreciador de panoramas belos – e eu nos deixamos ficar em silêncio contemplando a paisagem que se estendia abaixo de nossos olhos. As duas bondosas governantas, um pouco atrás de nós, discorriam sobre a cena e mostravam-se comovidas em relação à lua. Madame Perrodon, uma senhora corpulenta, encontrava-se na meia-idade e era muito romântica; falava e suspirava cheia de poesia. Mademoiselle De Lafontaine, que, por causa do pai alemão, posava de psicológica, metafísica e um tanto mística, agora declarava que, quando a lua brilhava com semelhante intensidade, era bem sabido estar indicando uma atividade espiritual especial. Os efeitos da lua cheia seriam múltiplos nesse estado tão luminoso. Ela influenciaria os sonhos, a insanidade e pessoas nervosas, e tinha espantosos efeitos físicos ligados à vida.[3] Mademoiselle relatou como um primo seu, que tinha o posto de imediato em um navio mercante, numa noite como essa adormecera no convés, deitado de costas, com o rosto banhado em cheio pela luz da lua, e, depois de sonhar que uma velha lhe rasgava a face com as unhas, despertou com as feições horrivelmente repuxadas para um lado, de tal forma que sua fisionomia nunca mais recuperou por completo o equilíbrio.

– Esta noite a lua está repleta de uma influência magnética e odílica[4] – disse ela. – E se olharem a fachada do *schloss*, aqui atrás, verão como todas as janelas brilham e cintilam com esse esplendor prateado como se mãos invisíveis tivessem iluminado os aposentos para receber a visita de entidades do mundo das fadas.

Há certos estados de espírito indolentes em que não nos sentimos inclinados a dizer nada e a conversa alheia soa agradável a nossos ouvidos indiferentes. Eu olhava a paisagem, desfrutando o som das vozes das duas.

---

3. Desde a Grécia Antiga, a lua cheia é associada à insanidade (daí o termo *lunático*), sendo responsabilizada por acontecimentos noturnos estranhos e comportamentos fora do normal.
4. Força ódica, ou odílica, foi o nome dado a uma hipotética força vital, pelo barão Carl von Reichenbach, em 1845. Não há qualquer evidência científica de sua existência.

— Sinto-me um tanto desalentado esta noite — disse meu pai, depois de um instante de silêncio; e citando Shakespeare, que costumávamos ler em voz alta como meio de manter nosso inglês, ele declamou:

Em verdade, não sei o motivo de estar tão triste.
Cansa-me; cansa também a ti, como me dizes.
Como, porém, fiquei assim... como aconteceu...[5]

— Esqueci-me como continua. Mas sinto como se uma grande fatalidade pairasse sobre nós. Imagino que a carta angustiada do pobre general tenha algo a ver com isso.

Nesse momento, os sons pouco habituais das rodas de uma carruagem e do golpear de muitos cascos na estrada chamaram nossa atenção.

Pareciam se aproximar vindos do terreno mais elevado para além da ponte, e daí a pouco os viajantes surgiram naquele ponto. Dois cavaleiros cruzaram a ponte, seguidos por uma carruagem de quatro cavalos, detrás da qual cavalgavam mais dois homens.

A carruagem parecia pertencer a alguém importante. Na hora, toda a nossa atenção se voltou para aquele espetáculo tão incomum. Logo isso se tornou ainda mais interessante, pois, nem bem a carruagem passou o ponto mais elevado da ponte, um dos cavalos da frente assustou-se e seu pânico contagiou os outros. Depois de uma ou duas arremetidas, as parelhas lançaram-se juntas em um galope desenfreado e, passando por entre os batedores, vieram pela estrada em nossa direção, velozes como um tornado.

A intensidade da cena ficou ainda mais dramática com os gritos femininos, penetrantes e prolongados, que vinham pela janela da carruagem.

Aproximamo-nos todos, com curiosidade e horror; meu pai em silêncio, as mulheres gritando aterrorizadas.

---

5. Início do Primeiro Ato de *O mercador de Veneza*, peça de William Shakespeare escrita provavelmente entre 1596 e 1598.

O suspense não se prolongou. Na rota deles, pouco antes de chegar à ponte levadiça do castelo, havia, na beira do caminho, uma tília magnífica com uma antiga cruz de pedra erguendo-se do lado oposto. Numa disparada assustadora, os cavalos desviaram-se ao ver a cruz, de forma que as rodas da carruagem chocaram-se com as raízes salientes da árvore.

Adivinhando o que se seguiria, cobri os olhos para não ver e virei o rosto para o lado. No mesmo instante, ouvi um grito de uma de minhas governantas, que haviam se aproximado mais da cena.

A curiosidade me fez olhar, e o que vi me causava muita confusão. Dois dos cavalos jaziam por terra e a carruagem havia tombado de lado e estava com duas rodas no ar. Os homens tentavam soltar o arreamento. Uma mulher de aspecto imponente havia desembarcado e agora estava em pé, apertando entre as mãos um lenço que a cada tanto ela levava aos olhos.

Pela portinhola da carruagem, uma moça que parecia desacordada estava sendo erguida. Meu querido pai já se postara ao lado da matrona, com o chapéu na mão, evidentemente oferecendo-lhe ajuda e a hospitalidade de nosso *schloss*. A dama não demonstrou ouvi-lo nem preocupar-se com coisa alguma que não fosse a jovenzinha que acabara de ser acomodada no aclive da beira da estrada.

Aproximei-me. A moça havia perdido os sentidos, mas estava viva. Meu pai gabava-se de conhecer um pouco de medicina. Ele pousou os dedos no pulso dela e garantiu à senhora, que declarara ser mãe da jovem, que a pulsação, embora estivesse débil e irregular, era sem dúvida perceptível. A mulher juntou as mãos e levantou os olhos, como que num arroubo de gratidão, mas logo em seguida retomou o comportamento teatral que, creio, é tão natural a certas pessoas.

Ela era o que se costuma chamar uma pessoa conservada para sua idade, e devia ter sido atraente. Era alta, mas não magra, vestia-se de veludo negro e estava bastante pálida. Sua expressão, orgulhosa e autoritária, exibia uma estranha agitação.

"Que fiz para merecer semelhante calamidade?", ouvi-a lamentar-se, de mãos postas, quando cheguei perto. "Cá estou, em uma jornada de vida ou de morte, em uma emergência tal que uma hora de atraso pode pôr tudo a perder. Minha filha não conseguirá recuperar-se o suficiente para retomar a viagem, sabe-se lá por quanto tempo. Terei de deixá-la, pois não posso e não ouso atrasar-me. A que distância está, senhor, a vila mais próxima? Devo deixar minha querida filha por lá, e não voltarei a revê-la senão ao retornar, daqui a três meses."

Puxei meu pai pelo casaco e sussurrei-lhe ao ouvido ansiosa: "Oh, papai, por favor, peça-lhe para deixá-la conosco. Seria adorável! Por favor, diga-lhe!".

– Madame, será uma honra e um dever para nós se consentir em confiar a jovem aos cuidados de minha filha e de Madame Perrodon, sua eficaz governanta. Se permitir que ela seja nossa hóspede até sua volta, sob minha responsabilidade, cuidaremos dela com toda a atenção e a devoção que semelhante demonstração de confiança exige.

– Não posso aceitar, senhor, pois estaria abusando de sua bondade e de seu cavalheirismo – respondeu a senhora, angustiada.

– Ao contrário; para nós, seria como receber uma bênção no momento em que mais necessitamos dela. Minha filha acaba de sofrer um grande desgosto, pois uma fatalidade cruel frustrou uma visita que prometia muitos momentos de felicidade. Receber a guarda desta senhorita seria o melhor consolo que ela poderia desejar. O vilarejo mais próximo em seu caminho é distante e não dispõe de nenhuma estalagem onde possa sequer pensar em instalar sua filha. A senhora não pode permitir que ela siga viagem, pois seria perigoso. Se, como diz, a jornada não pode ser interrompida, a senhora deve separar-se de sua filha esta noite, e em lugar algum terá tão grande garantia de que ela será cuidada e atendida como aqui.

Havia na aparência desta dama algo tão distinto, até mesmo soberbo, e a seu modo ela era tão cativante, que ainda que não estivesse acompanhada de tão vistoso séquito ficaria evidente ser uma pessoa importante.

A essa altura, a carruagem havia sido endireitada, e os cavalos, já amansados, estavam de novo arreados.

A dama lançou a sua filha um olhar que pareceu-me menos afetuoso do que seria esperado, tendo em vista a forma como tudo começara. Fazendo um sinal a meu pai, afastou-se com ele dois ou três passos além do alcance da audição e falou-lhe com expressão dura e severa, em nada parecida à que exibira pouco antes. Fiquei espantada por meu pai não perceber a mudança e curiosíssima para saber o que ela dissera, quase ao ouvido dele, com tanta impaciência e pressa.

A comunicação sigilosa prolongou-se dois ou três minutos no máximo, e então a dama virou-se e retornou para junto da filha, que jazia amparada por Madame Perrodon. Ajoelhou-se ao lado dela por um instante e sussurrou-lhe ao ouvido o que Madame julgou ser uma breve bênção. Depois de beijá-la às pressas, subiu na carruagem, e a portinhola se fechou. Os lacaios de pomposas librés aboletaram-se, os batedores esporearam as montarias, os postilhões estalaram seus chicotes. Então os cavalos arremeteram, lançando-se de repente em um galope furioso que ameaçava transformar-se outra vez em disparada, e a carruagem partiu veloz, seguida de perto pelos dois cavaleiros da retaguarda.

III. Comparando impressões

Nossos olhares acompanharam o cortejo, que bem rápido desapareceu em meio à floresta enevoada. Logo, até o som dos cascos e das rodas dissipou-se no silencioso ar noturno.

Nada restou que provasse que a aventura fora real, e não uma ilusão fugaz, exceto a presença da jovem, que naquele exato momento abriu os olhos. Eu não via seu rosto, pois estava voltado para o outro lado quando ela levantou a cabeça, com certeza olhando ao redor; então sua voz muito doce soou num lamento: "Onde está mamãe?".

Nossa boa Madame Perrodon respondeu-lhe com ternura, reunindo algumas palavras reconfortantes; em seguida, a moça perguntou:
– Onde estou? Que lugar é este? – e continuou: – Não vejo a carruagem. E onde está Matska?

Madame respondeu às perguntas o melhor que pôde, e aos poucos a jovem lembrou-se do episódio pelo qual passara. Ficou aliviada ao saber que ninguém havia se ferido, mas chorou ao descobrir que a mãe partira, deixando-a ali até seu retorno, dali a três meses.

Fiz menção de ir até ela, para juntar minhas palavras de consolo às de Madame Perrodon, quando Mademoiselle De Lafontaine pousou a mão em meu braço, detendo-me, e disse:
– Não se aproxime, ela não pode dar atenção senão a uma pessoa por vez. A menor agitação pode ser demais para ela neste momento.

Assim que ela estiver na cama, pensei, irei a seu quarto visitá-la.

Nesse ínterim, meu pai mandou um empregado ir a cavalo buscar o médico, que morava a uns dez quilômetros de distância.

Um aposento estava sendo preparado para receber a visitante. Ela havia se levantado e, apoiada ao braço de Madame, cruzou devagar a ponte e os portões do castelo. Os criados esperavam no vestíbulo e conduziram-na sem demora a seu quarto.

O cômodo que costumávamos usar como sala de estar é amplo, e suas quatro janelas dão vista para o fosso e a ponte levadiça, com a floresta mais adiante. A mobília antiga é de carvalho entalhado; tem grandes armários e cadeiras estofadas com veludo vermelho de Utrecht. As paredes foram revestidas com tapeçarias emolduradas em dourado, cujos personagens, em tamanho natural e vestindo curiosos trajes antiquados, são retratados em cenas de caça, falcoaria e festividades. Era neste ambiente solene mas muito acolhedor que tomávamos nosso chá, uma vez que o pendor patriótico de meu pai tornava obrigatório que a bebida nacional inglesa figurasse regularmente ao lado do café e do chocolate.

Foi lá que nos reunimos naquela noite e à luz das velas discutimos a aventura das horas anteriores.

Madame Perrodon e Mademoiselle De Lafontaine estavam conosco. Mal se deitara, a jovem havia caído em um sono profundo, e as duas senhoras a deixaram sob os cuidados de uma criada.

– Que acha de nossa hóspede? – perguntei a Madame, assim que ela entrou. – Conte-me tudo.

– Gostei muito dela – Madame respondeu. – Creio que é a jovem mais bonita que já vi. Tem mais ou menos a sua idade, e é muito gentil e educada.

– Ela é absolutamente linda – opinou Mademoiselle, que tinha espiado o quarto da hóspede.

– E tem uma voz tão doce! – concluiu Madame Perrodon.

– Depois que os homens endireitaram a carruagem, vocês viram que havia outra mulher lá dentro, que não saiu e só olhou pela janela? – inquiriu Mademoiselle.

– Não, nós não vimos.

Ela então descreveu uma mulher negra de aparência horrível que usava uma espécie de turbante colorido, que o tempo todo olhou pela janela da carruagem, balançando a cabeça com um sorriso de escárnio dirigido às mulheres; os olhos brilhantes e arregalados, mostrando os dentes como se estivesse enfurecida.

– Notaram que bando mal-encarado os empregados formavam? – perguntou Madame.

— Sim — respondeu meu pai, que acabava de entrar. — Uns sujeitos medonhos e de aparência indigna como jamais vi na vida. Espero que não assaltem a pobre senhora na floresta. Contudo, sabiam o que estavam fazendo. Num instante, resolveram a situação.
— Eu diria que estão esgotados em razão da longa viagem — disse Madame. — Além da expressão perversa, seus semblantes eram estranhos. Macilentos, sombrios, mal-humorados. Confesso estar curiosa, mas suponho que a jovem nos contará tudo amanhã, quando estiver melhor.

— Não creio que ela o faça — disse meu pai, com um sorriso misterioso e um breve aceno de cabeça, como se soubesse mais do que desejava contar.

A atitude dele me deixou ainda mais intrigada quanto ao que se passara entre ele e a dama de negro, na conversação breve, mas intensa, imediatamente anterior à partida dela.

Mal me vi a sós com ele, supliquei que me contasse. Não precisei insistir muito.

— Não tenho motivo algum para não lhe contar. Ela expressou relutância em incomodar-nos com a guarda da filha, alegando que a jovem tinha a saúde e os nervos abalados e, sem que eu lhe perguntasse nada, acrescentou que ela não sofria, no entanto, de qualquer tipo de ataque ou de delírio, sendo de fato perfeitamente saudável.

— Que estranho que tenha dito essas coisas — interrompi. — É tudo tão desnecessário.

— De qualquer forma, foi o que ela disse — ele sorriu. — E como você quer saber tudo o que se passou, o que na verdade foi bem pouco, eu lhe conto. Ela então disse: "A viagem que realizo é de importância *vital*", enfatizando esta palavra, "e deve ser rápida e secreta. Voltarei em três meses para buscar minha filha. Durante esse período, ela não dirá nada sobre quem somos, de onde viemos e para onde estamos indo." Isso foi tudo. Seu francês era excelente. Ao proferir a palavra *secreta*, ela fez uma pausa de segundos, com ar severo, encarando-me. Imagino que quisesse deixar bem claro esse ponto. Você percebeu a pressa com que ela partiu. Espero não ter cometido uma grande tolice ao assumir a responsabilidade pela jovenzinha.

De minha parte, eu estava encantada. Ansiava por vê-la e conversar com ela, e apenas aguardava a permissão do doutor. Quem mora na cidade, não faz ideia do grande acontecimento que é ser apresentada a uma nova amiga num lugar solitário como este.

Era quase uma da manhã quando o médico chegou. No entanto, para mim, ir para a cama dormir parecia algo tão impossível como se eu tivesse tentando ultrapassar, a pé, a carruagem que levara embora a princesa vestida de veludo negro.

Quando o médico veio para a sala de estar, apresentou um parecer bastante favorável sobre sua paciente. Ela agora estava sentada, tinha a pulsação bastante estável e aparentava estar muito bem. Não tinha sofrido nenhum ferimento e seus nervos estavam recuperados do abalo sofrido, leve e sem sequelas. Eu poderia visitá-la sem problema algum, se ambas o desejássemos. Com o consentimento dele, mandei um criado verificar se ela permitiria que eu a visitasse por alguns minutos no quarto.

O criado voltou de imediato, comunicando que era o que ela mais desejava no momento.

Esteja certo de que não me fiz de rogada para aproveitar aquela permissão.

A visitante fora instalada em um dos quartos mais belos do *schloss*. Talvez o aposento fosse um pouco imponente demais. Havia uma tapeçaria um tanto sinistra na parede oposta à cama, representando Cleópatra com a serpente sobre o regaço. As demais paredes exibiam também cenas clássicas, solenes e já desbotadas. Todavia os entalhes dourados e as cores vívidas e variadas do resto da decoração eram mais do que suficientes para amenizar a morbidez da velha tapeçaria.

Um candelabro iluminava o ambiente. A jovem estava sentada; sua figura esguia e bela encontrava-se envolta em um penhoar de seda macia, bordado com flores e acolchoado por dentro, com o qual sua mãe lhe cobrira os pés enquanto esteve prostrada no chão.

Aproximei-me de seu leito e, nem bem comecei a saudá-la, de súbito, recuei um ou dois passos atordoada. Não sabe o motivo disso? Pois vou lhe contar.

Via diante de mim o mesmo semblante da mulher que me visitara à noite na infância, que ficara gravado em minha memória, e sobre o qual por tantos anos e com tanta frequência eu remoera – cheia de horror, sem que ninguém suspeitasse do teor de meus pensamentos.

Ela tinha um rosto bonito, belíssimo, e assim que a fitei vi aquela mesma expressão de melancolia.

Quase no mesmo instante, porém, esta expressão se transmutou em um estranho e rígido sorriso de reconhecimento.

Instalou-se um silêncio que se prolongou por quase um minuto, e foi ela quem falou primeiro. Eu não conseguia fazê-lo.

– Que espantoso! – ela exclamou. – Doze anos atrás, vi seu rosto em um sonho, e desde então ele me assombra.

– É realmente espantoso! – ecoei, vencendo com dificuldade o horror que por um instante me impedira de falar. – Doze anos atrás, numa visão ou de fato, eu com certeza a vi. Não pude me esquecer de seu semblante, e mantenho-o diante dos olhos desde então.

O sorriso dela suavizara-se. Toda a estranheza desaparecera e as faces enfeitadas por duas covinhas eram um deleite de beleza e sabedoria.

Tranquilizei-me e, agindo mais de acordo com as regras da hospitalidade, dei-lhe as boas-vindas. Expressei o imenso prazer que sua visita acidental nos proporcionava e em particular a felicidade que me trazia.

Tomei sua mão enquanto falava. Sentia-me um pouco tímida, como acontece com as pessoas solitárias, mas a situação me fez eloquente e até mesmo ousada. Ela apertou minha mão, cobrindo-a com a sua, e seus olhos brilharam quando, ao encontrarem os meus, ela voltou a sorrir e enrubesceu.

Ela respondeu com elegância a minhas boas-vindas. Sentei-me a seu lado, ainda intrigada, e ela disse:

– Devo-lhe contar a visão que tive com você. É tão estranho que ambas tenhamos sonhado uma com a outra de modo tão vívido, que nos tenhamos visto como somos agora, quando à época éramos apenas crianças. Eu deveria ter por volta de seis anos, e ao despertar de um sonho confuso e agitado vi--me em um quarto que não era o meu, opressivo e revestido de madeira escura, abarrotado de armários, camas, cadeiras e bancos. Pareceu-me que todas as camas estavam vazias e que no quarto não havia ninguém além de mim. Olhei ao redor por algum tempo, examinando com admiração um castiçal de ferro com dois braços, que eu certamente reconheceria se visse de novo, e então rastejei por baixo de uma cama, para tentar chegar à janela. No entanto, quando saí do outro lado, ouvi alguém que chorava. Olhei para cima, ainda de joelhos, e vi você – com certeza era você – como a vejo neste momento: uma jovem muito bonita, com cabelos dourados e grandes olhos azuis, e os lábios eram os seus. Você, como é agora. Sua aparência me atraiu. Subi na cama e a abracei, e acho que ambas adormecemos. Fui acordada por um grito. Você estava sentada e gritava. Assustei-me e escorreguei para o chão, e creio ter perdido os sentidos por um instante. Quando voltei a mim, estava de novo no berçário, em minha casa. Nunca mais esqueci seu rosto, e a mera semelhança jamais me enganaria. *Você é* a moça que eu vi.

Agora era a minha vez de contar-lhe a minha versão, e o fiz ante o indisfarçável assombro de minha nova amiga.

– Não sei qual de nós duas deveria ter mais medo da outra – disse ela, sorrindo de novo. – Se você não fosse tão bonita, creio que eu sentiria um profundo receio, mas, sendo como é, e sendo nós duas tão jovens, é como se tivéssemos nos conhecido doze anos atrás e eu já tivesse o direito de tratá-la com familiaridade. De qualquer modo, parece que estamos destinadas, desde pequenas, a sermos amigas. Fico imaginando se sente por mim a mesma estranha atração que sinto por você. Nunca tive uma amiga; será que terei uma agora?

Ela suspirou; seus belos olhos escuros pousavam intensos sobre mim.

A verdade é que a bela desconhecida me causava uma reação inexplicável. Eu sentia por ela, sim, "uma estranha atração", como ela dissera, mas havia também certa repulsa. Nesse sentimento ambíguo, porém, prevalecia amplamente a atração. Ela era interessante e havia me conquistado. Era tão linda, mais cativante do que as palavras poderiam exprimir. Percebi que a languidez e a exaustão começavam a vencê-la, e apressei-me em dar-lhe boa-noite.

– O doutor acha que alguém deveria fazer-lhe companhia esta noite – acrescentei. – Há uma criada à disposição, e esteja certa de que é uma moça prestativa e bastante contida.

– É muita bondade, mas nunca consegui dormir com uma acompanhante no quarto. Não precisarei de ajuda e, devo ainda confessar uma debilidade minha, sinto um profundo pavor de assaltantes. Nossa casa foi roubada uma vez e dois criados foram assassinados; desde então, sempre tranco minha porta. Tornou-se um hábito. Você me parece tão gentil que sei que me perdoará. Vejo que há uma chave na fechadura.

Ela me envolveu em seus belos braços por um instante e sussurrou em meu ouvido: "Boa noite, querida, é difícil despedir-me de você, mas tenha uma boa noite. Amanhã eu a verei novamente. Não muito cedo, porém."

Deixou-se afundar no travesseiro com um suspiro, e seus belos olhos me seguiram com um olhar afetuoso e melancólico.

– Boa noite, amiga querida – ela murmurou de novo.

Os jovens se afeiçoam, e mesmo amam, por impulso. Envaidecia-me o afeto evidente, embora imerecido, que ela demonstrava por mim. Gostei da confiança imediata com que me recebeu. Ela havia decidido que nos tornaríamos amigas muito próximas.

No dia seguinte, nos encontramos de novo. Eu estava encantada com minha amiga em muitos aspectos.

Sua beleza não diminuiu à luz do dia. Era sem dúvida a criatura mais bela que eu já vira, e a lembrança desagradável da face vislumbrada no sonho de criança já não me afetava como no momento em que inesperadamente a reconheci.

Ela confessou que havia sentido a mesma comoção ao me reconhecer, e a mesma ponta de antipatia mesclada com admiração. E então rimos juntas de nossos terrores momentâneos.

IV. Seus hábitos – Um passeio

Contei-lhe que muitas coisas nela me encantavam. Algumas, porém, não me agradavam tanto. Começarei por descrevê-la. Era alta para uma mulher, esguia e muito graciosa. Exceto pela languidez excessiva dos movimentos, nada em seu aspecto indicava uma convalescente. Tinha aparência saudável e luminosa, com feições pequenas e bem formadas. Seus olhos eram grandes, escuros e brilhantes. Seus cabelos eram magníficos, abundantes e longos como nunca vi igual; eu costumava tomá-los em minhas mãos e sorrir maravilhada com seu peso. Incrivelmente finos e macios, eram de um intenso castanho-escuro com alguns reflexos dourados. Quando estávamos no quarto dela, deliciava-me soltá-los e deixar que caíssem sob seu próprio peso. Enquanto ela, reclinada em sua cadeira, me falava numa voz baixa e doce, eu os trançava, espalhava-os e brincava com eles. Céus! Se ao menos eu soubesse!

Mencionei que algumas particularidades me desagradavam. Como já disse, a confiança dela me cativou logo na primeira noite em que nos vimos, mas descobri que ela mantinha a mais prudente reserva a respeito de si própria, de sua mãe, de sua história e de tudo o que de fato se relacionasse à sua vida, aos seus planos e a pessoas conhecidas. Talvez eu estivesse sendo impertinente, talvez fosse errado de minha parte. Talvez eu devesse ter respeitado a solene condição imposta a meu pai pela imponente dama de negro. No entanto a curiosidade tem um apetite voraz e inescrupuloso, e nenhuma garota aceita de bom grado que a sua seja ludibriada. Que mal havia em contar-me o que eu tanto desejava saber? Ela não confiava em meu bom senso ou em minha honra? Por que ela não acreditava quando eu lhe assegurava solenemente que não revelaria uma sílaba sequer do que me dissesse a ser mortal algum?

Parecia-me haver uma frieza, muito além de seus anos, no sorriso melancólico e na recusa persistente em me permitir o menor raio de luz.

Não posso dizer que tenhamos brigado por isso, pois ela não se indispunha por nada. Claro, era injusto e pouco educado de minha parte pressioná-la, mas eu não podia evitar. De todo modo, teria dado no mesmo não ter insistido.

O que ela me contou equivalia, em minha inconsequente estimativa, a nada.

Tudo resumia-se a três revelações muito vagas: Primeiro, seu nome era Carmilla.

Segundo, sua família era muito antiga e nobre.

Terceiro, seu lar situava-se na direção oeste.

Ela não me dizia o nome de sua família, ou quais suas divisas heráldicas, ou o nome da propriedade familiar, ou sequer em que país eles viviam.

Não pense que eu a perturbava o tempo todo com esses assuntos. Eu aproveitava as oportunidades e mais insinuava que impunha minhas indagações. Uma ou duas vezes ataquei de frente. Contudo, não importava a tática, o resultado era sempre um fracasso total. Repreensões e afagos eram inúteis com ela. Porém devo dizer que suas evasivas eram conduzidas com melancolia e reprovação tão graciosas, com tantas e tão efusivas declarações de apreço por mim, e de confiança em minha honra, e tantas promessas de que um dia eu saberia, que eu não conseguia sentir-me ofendida por muito tempo.

Ela envolvia meu pescoço com seus belos braços e, ao aconchegar-me junto a si, apoiava a face na minha para murmurar-me no ouvido:

— Querida, seu coraçãozinho está magoado. Não me considere cruel só porque devo obedecer à lei inescapável de minhas forças e fraquezas. Se seu precioso coração sangra, meu coração indomável sangra junto. Arrebatada em minha imensa humilhação, sobrevivo à custa de sua vida tão cálida, e você terminará por morrer — morrer, morrer suavemente — para permitir que eu viva. Não tenho como impedir. Assim como procuro sua companhia, você, por sua vez, procurará a de outros, e descobrirá o êxtase desta crueldade que, no entanto, também é amor. Assim, não anseie por ora saber mais sobre mim e os meus; apenas confie em mim com todo o afeto de sua alma.

Depois dessa declaração tão exaltada, ela me abraçou com mais força, trêmula, e seus lábios beijaram com doçura minha face. Sua perturbação e suas palavras eram incompreensíveis para mim.

Eu sempre tentava escapar de tais abraços tão despropositados, que por sorte não eram frequentes, mas minhas forças pareciam falhar. As palavras murmuradas em meu ouvido soavam como um acalanto e drenavam minha resistência num transe do qual só conseguia sair quando os braços dela me libertavam. Desagradava-me quando ela entrava nesse misterioso estado de espírito. Eu sentia uma agitação estranha e turbulenta, por vezes prazerosa, mesclada a uma vaga sensação de medo e repulsa. Não conseguia pensar com clareza durante tais episódios, mas tinha consciência tanto de um amor que aos poucos se convertia em adoração quanto de um sentimento de ojeriza. Sei que é um paradoxo, mas não consigo explicar de outra maneira o que sentia.

Escrevo agora, transcorridos mais de dez anos, com a mão trêmula, com a recordação confusa e terrível de certos eventos e situações e da provação que enfrentava sem saber. E, no entanto, trago uma lembrança viva e nítida da sequência essencial dos fatos que compõem minha história.

Suspeito, porém, que na vida de todas as pessoas ocorrem determinadas cenas dramáticas, em que as paixões afloram de forma violenta e terrível, que não são recordadas senão de uma forma vaga e imprecisa.

Às vezes, passado um período de apatia, minha estranha e bela amiga segurava minha mão, que apertava com uma pressão afetuosa, renovada a cada tanto, enquanto enrubescia, fitando-me com olhos lânguidos e intensos, respirando tão rápido que seu vestido subia e descia com cada movimento convulsivo. Parecia o ardor de um enamorado, e me constrangia. Era odioso e, ainda assim, arrebatador. Com um olhar de cobiça, ela me puxava para si, e seus lábios cálidos me enchiam a face de beijos, para em seguida sussurrar, quase em pranto: "Você é minha, e será sempre minha, você e eu somos uma para sempre." Quando me soltava, eu tremia. Deixava-me cair de volta na cadeira, as mãos pequeninas cobrindo os olhos.

"Que vínculo há entre nós?", eu costumava perguntar. "Que significa tudo o que acaba de dizer? Talvez eu lhe recorde alguém a quem ama. Mas não se comporte assim, eu odeio isso. Não a reconheço, não reconheço a mim mesma quando age e fala dessa forma."

Ela então suspirava ante minha veemência e então dava-me as costas e soltava minha mão.

Em vão, eu tentava formular alguma teoria satisfatória para explicar tais manifestações tão extraordinárias. Não me parecia que fosse algum fingimento ou artimanha. Obviamente, resultavam de sua perda momentânea do controle sobre os instintos e as emoções. Seria ela, a despeito da negação voluntária da mãe, vítima de momentos de insanidade temporária? Ou haveria ali um disfarce e um romance? Eu havia lido coisas assim em antigos livros de histórias. E se algum rapaz apaixonado tivesse se infiltrado em nossa casa para, dissimulado, conseguir seu intento, auxiliado por uma velha e astuta aventureira? Porém havia muito argumento contra essa hipótese, por mais lisonjeira que fosse à minha vaidade.

Eu não poderia dizer que recebia qualquer das pequenas atenções que a galanteria masculina se compraz em oferecer. Entre tais momentos apaixonados, estendiam-se longos intervalos de banalidades, de alegria, de recolhimento pensativo, durante os quais, não fosse o fato de perceber seus olhos seguindo-me cheios de melancólico ardor, por vezes, eu parecia não representar nada para ela. Salvo por tais períodos breves de agitação misteriosa, ela agia como uma moça, sempre com certa languidez nos gestos, de todo incompatível com uma índole masculina em saúde plena.

Alguns de seus hábitos eram estranhos. Talvez a alguém da cidade não parecessem tão incomuns como pareciam à gente rústica como nós. Costumava levantar-se tarde, em geral não antes da uma hora, para então tomar uma xícara de chocolate, sem comer nada. Depois saíamos para uma caminhada que nunca passava de um passeio curto, pois ela parecia ficar exausta de imediato. Assim, voltávamos para o *schloss* ou nos sentávamos em um dos bancos espalhados aqui e ali, entre as árvores. A indolência física não encontrava eco em sua atitude mental, pois ela sempre estava disposta a conversar com animação e inteligência.

Às vezes, aludia brevemente a seu lar, ou mencionava alguma aventura ou situação, ou uma recordação da infância, que remetiam a um povo de comportamento estranho e indicavam costumes totalmente desconhecidos para nós. Com base nessas informações casuais, concluí que sua terra natal era muito mais distante do que imaginara a princípio.

Uma tarde, estávamos sob as árvores quando um funeral passou por nós. Era de uma linda jovem com quem várias vezes me encontrara, filha de um guarda florestal. O pobre homem seguia atrás do caixão de sua única e amada filha em total consternação. Atrás dele, os camponeses em fila dupla entoavam um cântico fúnebre.

Ergui-me em sinal de respeito à passagem do cortejo e juntei minha voz à deles no cântico que era tão suave.

Minha acompanhante sacudiu-me com alguma rispidez, e olhei-a surpresa.

— Não se dá conta de como essa música é dissonante? — disse ela, brusca.

— Ao contrário, ela me parece muito doce — respondi irritada com a interrupção e constrangida ante a eventualidade de que aquelas pessoas se ofendessem ao perceber o que ocorria.

De imediato, voltei a cantar, para ser outra vez interrompida.

— Você fere meus ouvidos — exclamou Carmilla, quase furiosa, tampando os ouvidos com seus dedos delicados. — Além disso, como sabe se temos a mesma religião? Seus ritos me ofendem, eu odeio funerais. Quanta pompa inútil! Afinal, as pessoas morrem... *todo mundo* morre. No fim, todos ficam mais felizes depois de mortos. Vamos embora para casa.

— Meu pai acompanhou o padre até o cemitério da igreja. Pensei que você soubesse que ela seria enterrada hoje.

— Ela? Não perco meu tempo com camponeses. Nem sei quem era — respondeu Carmilla com os olhos faiscantes.

— Ela era a pobre moça que disse ter visto um fantasma há cerca de quinze dias, e que desde então vinha definhando, até que ontem faleceu.
— Não me fale sobre fantasmas. Não dormirei de noite se o fizer.
— Espero que nenhuma praga ou febre esteja a caminho, como está parecendo — prossegui. — A jovem esposa do guardador de porcos morreu na semana passada. Ela contou que algo lhe apertou a garganta durante o sono e por pouco não a estrangulou. Papai diz que delírios terríveis como esse acompanham alguns tipos de febres. Ela estava bem de saúde na véspera; no dia seguinte, caiu doente e morreu em menos de uma semana.
— Bem, o funeral dela já passou e seus cânticos já foram cantados. Nossos ouvidos não serão mais torturados por tanta dissonância e palavrório. Tudo isso me deixou nervosa. Sente-se aqui junto a mim. Chegue mais perto, segure minha mão e aperte-a forte, bem forte.

Havíamos nos afastado um pouco, em direção a outro banco.

Ela sentou-se. Sua expressão havia sofrido uma alteração assustadora, que chegou a aterrorizar-me por um instante, tornando-se sombria, de uma lividez horrível. Seus dentes e suas mãos estavam cerrados, e ela franzia o cenho e apertava os lábios enquanto fitava o chão a seus pés e um tremor incontrolável a dominava. Parecia usar todas as suas energias para controlar um ataque, contra o qual lutava duramente. Por fim, soltou um grito convulsivo de sofrimento, e aos poucos a histeria arrefeceu.

— Veja o que acontece quando as pessoas são sufocadas com cânticos — disse por fim. — Abrace-me, abrace-me forte. Ainda não passou de todo.

Aos poucos ela se acalmou. Talvez para dissipar a impressão soturna que o espetáculo me causara, ela de repente se tornou efusiva e tagarela, e então voltamos para casa.

Foi a primeira vez que a vi demonstrar um sintoma claro da saúde frágil mencionada por sua mãe. Foi também a primeira vez que expressou um certo tipo de mau humor.

Ambos se foram como uma nuvem de verão. E, depois disso, somente uma vez voltei a presenciar algum sinal de fúria da parte dela. Conto-lhe como aconteceu.

Ela e eu olhávamos por uma das janelas da sala de estar quando adentrou o pátio, vindo pela ponte levadiça, um andarilho que eu conhecia bem. Ele tinha por hábito visitar o *schloss*, em geral duas vezes por ano.

Era um corcunda, com as feições angulosas e duras que costumam acompanhar a deformidade. Usava uma barba negra pontuda e sorria de orelha a orelha, exibindo a dentaria alva. Trajava bege, preto e escarlate, e usava mais correias e cintos do que eu podia contar, dos quais pendia toda sorte de coisas. Atrás de si, carregava uma lanterna mágica e duas caixas, que eu já conhecia – uma contendo uma salamandra, a outra, uma mandrágora. Tais monstros causavam riso a meu pai. Eram fabricados com partes de macacos, papagaios, esquilos, peixes e ouriços, mumificados e costurados com tanta perícia que o efeito obtido era surpreendente. Presos ao cinto tinha uma rabeca, uma caixa para prestidigitação, um par de floretes e máscaras. Vários outros objetos misteriosos pendiam por seu corpo, e na mão trazia um cajado negro com ponteiras de cobre. Um vira-lata magro acompanhava-o, seguindo-o de perto, mas, ao chegar à ponte levadiça, estacou desconfiado e então começou a uivar de modo lúgubre.

Enquanto isso, o saltimbanco deteve-se no meio do pátio, ergueu o chapéu grotesco e fez uma reverência cerimoniosa, saudando-nos profusamente num francês execrável e num alemão nada melhor.

Desafivelando então sua rabeca, arriscou uma melodia vivaz ao som da qual cantou com alegre dissonância, dançando com expressão e movimentos cômicos que me fizeram rir, a despeito dos uivos do cão.

Ele veio em direção à janela, com sorrisos e saudações, o chapéu na mão esquerda, a rabeca sob o braço. Com uma fluência de tirar o fôlego, ele expôs loquaz todos os seus feitos e a variedade de artes que colocava a nosso serviço e as curiosidades e os entretenimentos que trazia consigo, à nossa disposição.

— Talvez as senhoritas queiram comprar um amuleto contra o *oupire*,[6] que vaga como um lobo por estas florestas — disse, deixando o chapéu cair ao chão. — As pessoas estão morrendo a torto e a direito, e este aqui é um talismã infalível. É só prendê-lo ao travesseiro, e poderão rir na cara do monstro. Os talismãs consistiam em tiras de pergaminho com símbolos e diagramas cabalísticos.

De imediato, Carmilla comprou um, e eu fiz o mesmo.

Ele olhava para cima, e nós sorríamos, divertidas, olhando-o lá embaixo. Ao menos posso falar por mim. Ao examinar-nos as faces, seus olhos negros penetrantes pareceram detectar algo que por um momento chamou sua atenção.

Num instante ele desenrolou um estojo de couro, repleto de pequenos e curiosos objetos de aço.

— Veja, senhorita — disse, mostrando o estojo e dirigindo-se a mim. — Entre outras habilidades menos úteis, professo a arte dentária. Que a praga leve este cão! — interrompeu-se. — Silêncio, animal! Ele uiva tanto que as senhoritas mal conseguem ouvir uma palavra. Sua nobre amiga, a jovem a sua direita, tem um dente afiado demais — longo, fino, pontudo como uma sovela, como uma agulha, ha, ha, ha! Com minha visão aguçada e potente, eu o vi com perfeição ao olhar para cima. Se por acaso ele a machuca, e creio que o faz, aqui estou, aqui estão minha lima, meu buril, meu alicate. Posso fazê-lo arredondado e rombudo, se a dama quiser. Não mais o dente de um peixe, mas o de uma jovem formosa como ela é. Ei, a jovem dama está irritada? Terei sido atrevido demais? Será que a ofendi?

A jovem dama, de fato, parecia muito zangada enquanto se afastava da janela.

— Como se atreve esse charlatão a insultar-nos assim? Por onde anda seu pai? Vou exigir uma retratação. Meu pai amarraria o miserável a um tronco e o açoitaria, e o queimaria até os ossos com o ferro de marcar!

---

6. *Oupire* é o mesmo que vampiro. A grafia *oupire* foi popularizada pelo padre francês Augustin Calmet, que a usou em seu tratado sobre aparições e vampiros do centro europeu em 1751.

Afastando-se um ou dois passos, ela se sentou e, nem bem perdeu de vista o agressor, sua ira desapareceu como havia surgido, de repente. Aos poucos, retomou seu tom costumeiro e pareceu esquecer por completo o pequeno corcunda e suas momices.

Meu pai estava abatido naquela noite. Ao chegar, ele nos contou que havia ocorrido outro caso fatal semelhante aos anteriores. A irmã de um camponês que morava em nossa propriedade, a menos de dois quilômetros de distância, caíra enferma depois de ter sido atacada da mesma forma, segundo ela mesma contara, e seu estado se agravou aos poucos, mais e mais.

– Tudo isso pode ser atribuído a causas puramente naturais – disse meu pai. – Essas pobres pessoas infectam-se umas às outras com suas superstições, e na imaginação repetem as imagens de terror que assombraram seus vizinhos.

– Porém mesmo tais circunstâncias são assustadoras – disse Carmilla.

– Como assim? – indagou meu pai.

– Tenho medo de delirar dessa forma. Tal situação, mesmo ilusória, seria tão horrível como se fosse real.

– Estamos nas mãos de Deus. Nada acontece sem sua permissão, e tudo termina bem para aqueles que o amam. Ele é nosso fiel criador. Ele nos fez e cuidará de nós.

– Criador! *Natureza!* – retrucou a jovem a meu pai. – A doença que assola esta região é natural. Natureza. Tudo vem da natureza, não vem? Todas as coisas no céu, na terra e sob ela agem e vivem como a natureza ordena. É nisso que creio.

– O médico disse que viria aqui hoje – disse meu pai depois de um momento de silêncio. – Quero saber o que ele acha e como aconselha que procedamos.

– Os médicos nunca me fizeram bem algum – disse Carmilla.

– Então já esteve enferma? – perguntei.

– Mais do que você jamais esteve – ela respondeu.

– E faz tempo?

– Sim, muito tempo. Padeci exatamente deste mesmo mal, mas esqueci tudo exceto a dor e a fraqueza, que não foram tão ruins quanto as que acompanham outras doenças.

— Você era muito nova, à época?
— Por favor, não vamos falar mais nisso. Não quer magoar uma amiga, quer? Ela fitou meus olhos, lânguida, passou o braço de forma carinhosa por minha cintura e me levou para fora da sala. Meu pai ocupava-se com seus papéis junto à janela.
— Por que seu pai gosta de nos assustar? — disse a bela menina, com um suspiro e um calafrio.
— Ele não gosta, querida Carmilla. Isso nem passa por sua mente.
— Você está com medo, minha querida?
— Estaria se achasse que houvesse algum risco real de ser atacada, como essa pobre gente foi.
— Você tem medo de morrer?
— Sim, todo mundo tem.
— Mas morrer como podem morrer os enamorados... Juntos, para poderem viver juntos. As mocinhas são como lagartas enquanto estão no mundo, para afinal virarem borboletas com a chegada do verão. Enquanto isso, porém, existem apenas as larvas, entenda, cada uma com suas próprias propensões, necessidades e estruturas. Assim afirma Monsieur Buffon[7], no grande livro que está na sala ao lado.

Mais tarde chegou o médico e, por algum tempo, conferenciou a portas fechadas com meu pai. Era um homem habilidoso, já passado dos sessenta, que empoava a face pálida, sempre barbeada e tão lisa como uma abóbora. Quando emergiram da sala, ouvi a risada de papai, que dizia:
— Bem, espanta-me ouvir isso de alguém tão culto. E quanto a hipogrifos e dragões?

O doutor sorria e respondeu balançando a cabeça:
— Não obstante, a vida e a morte são estados misteriosos, e pouco sabemos sobre elas.

Ambos passaram por nós e não ouvi mais nada. Não sabia então a que o doutor se referia, mas acho que agora sei.

---

7. Georges-Louis Leclerc, Conde de Buffon (1707-1788), naturalista francês.

V. Uma semelhança prodigiosa

Naquela tarde, chegou de Gratz[8] um rapaz sisudo e de semblante sombrio, filho do restaurador de quadros. Na carroça puxada por um cavalo, ele trazia dois grandes caixotes que continham inúmeros quadros. Era uma jornada de 55 quilômetros, e sempre que alguém chegava ao *schloss* vindo da pequena capital provincial, costumávamos nos juntar a seu redor, no pátio, para ouvir as notícias.

A chegada dele movimentou nosso lar, tão isolado. Os caixotes foram deixados no saguão e os criados ficaram à disposição do mensageiro até que ele jantasse. Acompanhado de ajudantes e armado de martelo, cinzel e chave de fenda, ele nos encontrou no pátio, onde nos reunimos para acompanhar a abertura dos caixotes.

Sentada, Carmilla olhava com indiferença enquanto os quadros restaurados, em sua maioria retratos, eram desembalados um a um para ser recolocados em seus lugares. A maioria deles havia chegado a nós por intermédio de minha mãe, pertencente a uma antiga família húngara.

Meu pai tinha uma lista em mãos e a lia para o artista, que então buscava os quadros correspondentes. Não sei se as pinturas eram muito boas, mas sem dúvida eram bem antigas, e algumas eram também curiosas. Para mim, boa parte delas tinha o mérito de que eu as via, por assim dizer, pela primeira vez, pois antes estavam escurecidas pela fumaça e pela poeira dos tempos.

— Há uma pintura que ainda não apareceu — disse meu pai. — Num dos cantos superiores há um nome, que me parece ser "Marcia Karnstein", e a data, "1698". Estou curioso para ver como ficou.

---

8. Atualmente denominada Graz, é a capital da Estíria e segunda maior cidade da Áustria, depois de Viena.

Eu me lembrava dela. Era uma pintura pequena, cerca de cinquenta centímetros de altura, quase quadrada, sem moldura. Mas estivera tão enegrecida pela idade que quase nada se via. O artista mostrou-a a nós, com orgulho evidente. Era muito bela e surpreendente, pois parecia estar viva. Era o rosto de Carmilla!

— Carmilla, querida, é um milagre absoluto. Aqui está você, viva, sorrindo, prestes a falar, neste retrato. Não é lindo, papai? Veja, até mesmo a marquinha na garganta!

— Sem dúvida é uma semelhança prodigiosa — disse meu pai, rindo, e desviou sua atenção. Para minha surpresa, ele não pareceu dar muita importância àquilo e continuou conversando com o restaurador, que também era um artista e discorria com inteligência sobre os retratos e outros trabalhos aos quais a sua arte havia devolvido a luz e a cor. Enquanto isso, quanto mais olhava a pintura, mais abismada eu ficava.

— Posso colocar este quadro em meu quarto, papai? — perguntei.

— Certamente, querida — respondeu ele, com um sorriso.
— Alegra-me que o ache tão parecido. Se de fato o é, deve ser muito mais bonito do que imaginei.

A jovem não demonstrou reação alguma a estas palavras galantes, que pareceu não ouvir. Recostada em uma cadeira, ela sorria como se estivesse numa espécie de transe, e fitavam-me em contemplação por baixo dos longos cílios seus olhos tão belos.

— Agora é possível ler o nome escrito no canto. Não é Marcia. Parece ter sido traçado a ouro. O nome é Mircalla, condessa de Karnstein, e há uma coroazinha por cima e a data A.D. 1698 por baixo. Sou descendente dos Karnstein. Quer dizer, minha mãe era.

— Ah, eu também — disse a jovem, com voz lânguida. — Uma descendência distante, muito antiga. Será que há algum Karnstein vivo hoje em dia?

— Nenhum que use o nome, eu creio. Pelo que sei, a família arruinou-se em alguma guerra civil há muito tempo. Os restos do castelo ficam a apenas cinco quilômetros daqui.

— Que interessante — ela disse, com a mesma languidez, lançando um olhar através da porta entreaberta do saguão. — Veja que luar tão belo! Imagine dar uma volta pelo pátio e de lá contemplar a estrada e o rio.

— Foi numa noite como esta que você chegou aqui — eu disse. Ela suspirou e sorriu. Então ergueu-se, e nós duas, uma envolvendo a cintura da outra com o braço, saímos para o pátio do castelo.

Em silêncio, caminhamos devagar até a ponte levadiça, onde a paisagem belíssima descortinava-se diante de nós.

— Então você pensava na noite em que cheguei? — ela quase sussurrava. — Está feliz por eu ter vindo?

— Encantada, querida Carmilla — respondi.

— E você quer pendurar em seu quarto o quadro que achou parecido comigo — ela murmurava, apertando mais o braço ao redor de minha cintura e apoiando a cabeça em meu ombro.

— Que romântica você é, Carmilla — disse eu. — Quando contar sua história, nela certamente haverá um maravilhoso romance.

Ela me beijou em silêncio.

— Tenho certeza, Carmilla, que você já esteve apaixonada, e que neste momento há um caso de amor em andamento.

— Nunca me apaixonei por ninguém, e nunca o farei — ela suspirou — a menos que seja por você.

Como ficava bela ao luar!

Com um olhar tímido e estranho, ela escondeu o rosto em meu pescoço, suspirando quase como se soluçasse, e sua mão trêmula apertou a minha.

Sua face macia ardia de encontro à minha.

— Querida, querida... — ela murmurava. — Eu vivo em você, e você morrerá por mim, tamanho é meu amor.

Afastei-me dela.

Ela me fitava com olhos dos quais todo fogo e todo significado haviam desaparecido, e sua face estava sem cor e apática.

— Faz frio, não? — disse-me em tom sonolento. — Estou quase tremendo. Será que andei sonhando? Vamos para dentro. Vamos, vamos. Vamos entrar.

— Você parece doente, Carmilla — eu disse. — Talvez um pouco fraca. Com certeza, seria bom se tomasse um pouco de vinho.

— Sim, eu tomarei. Já estou melhor, vou ficar bem em alguns minutos. Sim, me dê uma taça de vinho — Carmilla respondeu, enquanto nos aproximávamos da porta. — Vamos olhar a paisagem de novo por uns instantes, talvez seja a última vez que verei o luar com você.

— Como se sente agora, querida Carmilla? — perguntei. — Está realmente melhor?

Começava a preocupar-me a ideia de que ela tivesse sido atingida pela estranha epidemia que diziam ter invadido nossa região.

— Papai ficará mortificado se você não nos relatar qualquer mal-estar que sinta, por menor que seja — acrescentei. — Na vizinhança há um médico muito eficaz, aquele que hoje conversava com papai.

— Não duvido da capacidade dele. Todos vocês são muito generosos, mas já estou bem de novo, querida criança. Nada há de errado comigo, exceto uma certa fraqueza. As pessoas me acham abatida, e sou incapaz de qualquer esforço. Não consigo andar a distância que anda uma criança de três anos, e a cada tanto falta-me a pouca força que tenho, deixando-me no estado que acaba de ver. Contudo, sempre me restabeleço depressa, e num instante volto a ser eu mesma. Veja como me recuperei.

De fato, ela parecia bem. Conversamos bastante, e ela estava animada. O resto da noite transcorreu sem novos episódios de seus estranhos arrebatamentos, que era como me referia àqueles arroubos de palavras e olhares bizarros que me constrangiam e assustavam.

Entretanto naquela noite houve um evento que mudou o curso de meus pensamentos e conseguiu injetar uma energia momentânea na natureza apática de Carmilla.

VI. Uma agonia muito estranha

Quando nos instalamos na sala de estar para tomar café e chocolate, Carmilla parecia haver-se restabelecido por completo, embora não quisesse tomar nada. Madame e Mademoiselle De Lafontaine reuniram-se a nós e durante algum tempo jogamos cartas. Enquanto o fazíamos, meu pai apareceu para tomar seu chá. Quando paramos de jogar, ele sentou-se no sofá ao lado de Carmilla e perguntou-lhe, com certa ansiedade, se ela havia recebido notícias da mãe desde que chegara.

– Não – respondeu ela.

Ele perguntou, então, para onde deveria enviar uma carta caso quisesse comunicar-se com ela.

– Não poderia dizer – foi a resposta ambígua. – Mas tenho pensado em partir. Já abusei de sua cortesia e hospitalidade. Causei-lhes um sem-número de problemas, e gostaria de tomar uma carruagem amanhã e sair à procura dela. Sei para onde se dirige, embora não lhe possa contar.

– Nem pense em fazer isso – exclamou meu pai, para meu grande alívio. – Não podemos deixá-la partir assim, e não autorizarei sua partida salvo seja sob os cuidados de sua mãe, que foi tão gentil ao permitir que a hospedássemos até seu retorno. Eu ficaria muito feliz se soubesse que ela entrou em contato com você. No momento, os relatos sobre o avanço da misteriosa doença em nossa vizinhança tornam-se mais e mais alarmantes. Sem as valiosas opiniões de sua mãe, minha adorável hóspede, sinto o peso da responsabilidade, mas farei o que estiver a meu alcance. Uma coisa é certa, porém; sequer lhe ocorra partir sem uma instrução expressa da parte dela. Sua partida nos magoaria, e não consentiremos com facilidade que você se vá.

– Mil vezes obrigada, senhor, por sua hospitalidade – ela respondeu, com um sorriso tímido. – Todos têm sido bons demais comigo. Poucas vezes na vida fui tão feliz como aqui em seu belo *chateau*, sob suas atenções e na companhia de sua querida filha.

Num galanteio à moda antiga, meu pai beijou-lhe a mão, sorrindo satisfeito com aquelas palavras.

Como de costume, acompanhei Carmilla até seu quarto, e ficamos conversando enquanto ela se preparava para deitar-se.

– Você acha que algum dia vai confiar plenamente em mim? – perguntei-lhe depois de algum tempo.

Ela se virou com um sorriso, mas não respondeu. Apenas continuou me olhando e sorrindo.

– Não vai responder? – perguntei. – Você não pode dar uma resposta que me agrade. Eu não devia ter perguntado.

– Você está certa em fazer-me tal pergunta, ou qualquer outra que deseje. Se fizesse ideia do quanto a adoro, saberia que não pode haver qualquer segredo, por maior que seja, que eu não queira partilhar com você. Porém fiz um juramento, mais inflexível que os votos de uma religiosa, e não ouso ainda contar minha história, nem mesmo a você. Aproxima-se o momento em que saberá tudo. Vai me achar cruel, egoísta, mas o amor sempre é egoísta. E quanto mais ardente, mais egoísta. Não pode imaginar como sou ciumenta. Você deve me amar e juntar-se a mim na morte, ou odiar-me e da mesma forma me acompanhar, odiando-me na morte e além dela. A indiferença não existe em minha natureza apática.

– Carmilla, não comece outra vez com essas bobagens sem sentido – apressei-me em dizer.

– Não, não o farei. Sou uma tolinha cheia de caprichos e fantasias. Por você direi apenas coisas sensatas. Alguma vez foi a um baile?

– Não. Como você muda rápido de assunto. Como é? Deve ser maravilhoso.

– Já quase nem me lembro, foi há tantos anos...

Ela riu.

– Você não é tão velha assim, não poderia ter-se esquecido de seu primeiro baile.

– Lembro-me de tudo, se fizer um esforço. Vejo-o em minha mente como um mergulhador vê o que se passa acima dele, como num meio denso e ondulante, mas transparente. Naquela noite aconteceu algo que tornou confusa a cena e fez suas cores esmaecerem. Quase fui assassinada em meu leito, fui ferida aqui – ela tocou o colo – e nunca mais voltei a ser a mesma.

– Esteve à beira da morte?

– Sim, estive. Um amor estranho e cruel, que teria tirado minha vida. O amor tem seus sacrifícios, e não há sacrifício sem sangue. Vamos dormir agora, sinto-me tão exausta. Como poderei levantar-me para trancar a porta?

Ela estava deitada, com as mãos pequeninas ocultas no cabelo abundante e cacheado, sob a face, a cabeça pousada sobre o travesseiro. Seus olhos brilhantes seguiam-me onde quer que eu fosse, com um sorriso meio tímido que eu não conseguia decifrar.

Desejei-lhe boa-noite e saí do quarto com uma sensação incômoda.

Perguntava-me com frequência se nossa linda hóspede rezava antes de dormir. Com certeza, nunca a havia visto ajoelhada. De manhã, ela descia sempre bem depois que nossas orações em família tinham sido feitas, e à noite nunca deixava a sala de estar para vir participar de nossa breve prece no vestíbulo.

Se ela não tivesse casualmente mencionado, durante nossas conversas, ter sido batizada, eu duvidaria que fosse cristã. Ela nunca dizia uma palavra sobre religião. Soubesse eu, então, um pouco mais sobre o mundo, tal descaso ou aversão não teriam me surpreendido tanto.

Pessoas nervosas transmitem seus receios aos outros, em especial àqueles de temperamento semelhante, que passado algum tempo tendem a imitá-las. Adotei o hábito de Carmilla de trancar a porta do quarto, tendo enchido a cabeça com seu medo fantasioso de invasores noturnos e assassinos furtivos. Também passei a vasculhar o quarto como ela fazia, para assegurar-se de que nenhum assassino ou assaltante ocultava-se ali.

Tendo tomado tais medidas tão prudentes, eu me deitava e caía no sono. Uma luz sempre ardia em meu quarto, um hábito antigo que nada me convenceria a abandonar.

Ao me proteger dessa forma, meu sono deveria ser tranquilo. Os sonhos, porém, atravessam paredes de pedra, iluminam os quartos escuros e escurecem os iluminados, e seus personagens entram e saem como bem entendem, burlando as fechaduras.

Naquela noite tive um sonho que deu início a uma agonia muito estranha. Não posso chamá-lo de pesadelo, pois estava ciente de estar dormindo. Porém estava também ciente de estar em meu quarto, deitada na cama, precisamente como de fato estava. Via, ou imaginava ver, o aposento com toda a sua mobília, tal e qual o vira antes, embora agora estivesse muito escuro. Vi mover-se, ao redor da cama, algo que a princípio não distingui bem. Logo percebi que era um animal negro, semelhante a um gato monstruoso. Devia medir por volta de um metro e meio, pois quando passou sobre o tapete em frente à lareira tinha o mesmo comprimento dele. Ficou indo e vindo, na inquietação ágil e sinistra de um animal enjaulado. Eu não conseguia gritar, embora, como bem pode imaginar, estivesse aterrorizada. Ele se movia mais rápido, e o quarto escurecia mais e mais, até que a escuridão era tanta que viam-se apenas seus olhos. Senti quando saltou com leveza sobre a cama. Os dois olhos arregalados se aproximaram de meu rosto e de súbito senti uma dor fina, como se duas agulhas, distantes entre si uns cinco centímetros, perfurassem fundo meu peito. Acordei com um grito. O aposento estava iluminado pela vela acesa, e vi aos pés da cama uma figura feminina parada, um pouco para a direita. Usava um vestido solto escuro, e os cabelos cobriam-lhe os ombros. Um bloco de pedra não poderia estar mais imóvel. Não havia o menor sinal de respiração. Enquanto eu a olhava, a figura pareceu mudar de lugar, aproximando-se da porta. Quando chegou lá, a porta abriu-se e ela se foi.

Aliviada, voltei a respirar e me movimentar. Minha primeira impressão foi que Carmilla houvesse aprontado uma brincadeira e que eu tivesse me esquecido de passar a chave na porta. Fui até lá e constatei que estava trancada pelo lado de dentro, como de hábito. Tive medo de abri-la. Estava aterrorizada. Voltei para a cama, cobri a cabeça com as cobertas e lá fiquei, mais morta que viva, até o amanhecer.

VII. Descida

Em vão eu tentaria descrever o horror com que, ainda hoje, relembro os acontecimentos daquela noite. Não era o terror passageiro que os sonhos deixam detrás de si. Parecia agravar-se com o tempo e contaminar todo o quarto e a própria mobília que circundara a aparição.

No dia seguinte, não quis ficar sozinha nem um instante. Nada contei a meu pai, por dois motivos antagônicos. A princípio, achei que riria de mim, e eu não toleraria que minha história fosse tratada como uma piada. Depois imaginei que ele poderia pensar que eu havia sido atacada pela moléstia que invadira nossa vizinhança. Eu não tinha qualquer receio quanto a isso, e, como ele havia sido quase um inválido por algum tempo, não quis alarmá-lo.

A companhia bem-humorada de Madame Perrodon e da vivaz Mademoiselle De Lafontaine era suficiente para mim. Ambas notaram meu abatimento e nervosismo, e por fim contei-lhes a história que me oprimia o peito.

Mademoiselle riu, mas Madame Perrodon pareceu ficar nervosa.

– Falando nisso – disse Mademoiselle, ainda rindo –, o caminho das tílias, que passa atrás da janela do quarto de Carmilla, é mal-assombrado!

– Bobagem! – exclamou Madame, que devia achar aquele assunto bastante inapropriado. – Mas quem anda espalhando essa história, querida?

– Martin contou que, quando estava reparando o velho portão do pátio, por duas vezes ele viu, antes do dia clarear, uma figura feminina percorrendo a aleia de tílias.

– Certamente alguém a caminho de ordenhar as vacas nos campos à margem do rio – disse Madame.

– Certamente, mas Martin está assustado, e nunca vi um pobre coitado com tanto medo.

— Não diga nada a Carmilla, pois da janela dela vê-se o caminho — emendei. — E ela é ainda mais medrosa que eu, se isso for possível.

Naquele dia, Carmilla desceu mais tarde que o costumeiro.

— Fiquei tão assustada esta noite — disse ela, assim que se juntou a nós. — E estou certa de que teria visto algo horrível se não fosse o amuleto que comprei daquele pobre corcunda, de quem falei coisas tão ruins. Sonhei com um animal negro rondando minha cama e acordei apavorada. Por um instante, acreditei de fato estar vendo uma silhueta negra perto da lareira, mas toquei o amuleto que tinha sob o travesseiro e ela desapareceu. Tenho certeza de que alguma coisa horrível poderia ter aparecido, e talvez tivesse me estrangulado como fez com todos os infelizes de quem ouvimos falar.

— Pois então ouça o que tenho para contar — disse eu, e relatei minha aventura. Ela pareceu assombrada.

— E você tinha o amuleto consigo? — perguntou aflita.

— Não, eu o coloquei dentro de um vaso de porcelana, na sala de estar, mas certamente o levarei comigo hoje à noite, já que você confia tanto nele.

Passado tanto tempo, já não posso me lembrar, ou mesmo entender, como superei o medo a ponto de ficar sozinha no quarto naquela noite. Lembro-me bem de ter prendido o amuleto ao travesseiro. Adormeci quase de imediato e dormi a noite toda, um sono mais pesado que o normal.

O mesmo se passou na noite seguinte. Meu sono foi reparador, profundo e sem sonhos, mas despertei com uma sensação de fadiga e melancolia que não excedia, porém, os limites do que se poderia considerar um mero capricho.

— Foi como lhe falei — disse Carmilla, quando descrevi meu sono tranquilo. — Eu também dormi muito bem esta noite. Prendi o amuleto ao peito de minha camisola. Ontem à noite ele estava longe demais. Estou certa de que tudo não passou de imaginação, à exceção dos sonhos. Eu costumava acreditar que espíritos malignos criavam os sonhos, mas nosso médico me assegurou de que não é nada disso. Ele disse que são apenas o sinal da passagem de uma febre ou outra

enfermidade que bate à porta, não pode entrar e então segue seu caminho.
— Como acha que o amuleto funciona? — perguntei.
— Ele deve ter sido fumigado ou banhado com alguma droga, e é um antídoto contra a malária — ela respondeu.
— Então ele age apenas sobre o corpo?
— Certamente. Ou você acha que os espíritos malignos são afugentados por um pedaço de fita, ou pelos perfumes vendidos por um boticário? Não, essas moléstias, vagando pelo ar, atacam primeiro os nervos e então infectam o cérebro, mas, antes que possam dominar o corpo, são repelidas pelo antídoto. Estou certa de que é como o amuleto age. Não há nada de mágico, é apenas algo natural.

Eu teria ficado mais feliz se pudesse concordar com Carmilla, mas fiz um esforço, e a impressão ruim aos poucos perdeu impacto.

Durante algumas noites, dormi um sono pesado, mas a cada manhã sentia a mesma debilidade e a fraqueza me dominava ao longo do dia. Eu me sentia diferente, invadida por uma estranha melancolia da qual não desejava libertar-me. Ocorriam-me vagos pensamentos sobre a morte, e aos poucos cristalizou-se em mim a ideia, não de todo indesejável, de que estava morrendo lenta e suavemente. Isso me induzia a um estado de espírito que era triste e ao mesmo tempo doce. O que quer que fosse, minha alma amoldou-se àquilo.

Eu não admitia estar doente e não consentia em contar a meu pai, ou em chamar o médico.

Carmilla tornou-se mais devotada a mim do que nunca, e seus estranhos paroxismos de lânguida adoração ficaram mais frequentes. Ela me fitava com ardor crescente enquanto minha força e meu ânimo se esvaíam, e esse aparente vislumbre de insanidade me chocava.

Sem saber, encontrava-me já num grau avançado da mais estranha doença que um mortal pode sofrer. Os primeiros sintomas traziam consigo um fascínio inexplicável, que fez com que eu me resignasse à fraqueza extrema daquele estágio da moléstia. Tal fascínio aumentou até o momento em que foi permeado por uma sensação de horror, aprofundando-se até obscurecer e perverter toda a minha vida.

A primeira alteração que notei foi até agradável, e ocorreu pouco antes do momento decisivo em que teve início minha descida ao Averno.[9] Sensações vagas, estranhas, invadiam-me durante o sono. A mais frequente era peculiar, prazerosa, como a ondulação fria que se sente ao nadar contra a corrente de um rio. Logo ela passou a vir acompanhada de sonhos que pareciam intermináveis, tão vagos que nunca conseguia relembrar cenários e pessoas, ou qualquer fragmento da ação transcorrida. No entanto eles deixavam uma impressão ruim e eu me sentia exausta, como se houvesse enfrentado algum perigo ou um longo período de esforço mental.

Ao acordar após os sonhos, persistia a vaga lembrança de ter estado em um lugar muito escuro e de ter falado com pessoas que eu não conseguia ver. Havia uma voz feminina em especial, muito nítida, profunda e pausada, que parecia vir de longe e que produzia sempre a mesma aura indescritível de solenidade e medo. Às vezes, parecia sentir uma mão afagando-me de leve o rosto e o pescoço. Outras vezes era como se lábios cálidos me beijassem, mais demorados e ternos ao atingirem a garganta, onde se detinham. Meu coração se acelerava, a respiração subia e descia rápida, profunda, num arfar que depressa se convertia em sensação de estrangulamento, para dar lugar a uma convulsão horrível. Então meus sentidos me deixavam e eu desfalecia.

Havia três semanas que esse estado inexplicável se instalara. O sofrimento da última semana já se fazia notar em minha aparência. Tornara-me pálida, os olhos estavam dilatados, com olheiras, e meu semblante dava mostras da fraqueza que há muito já sentia.

Meu pai perguntava-me com frequência se eu estava doente. Eu insistia em assegurar-lhe que estava tudo bem, numa obstinação que hoje me parece inexplicável.

---

9. Lago a oeste de Nápoles, no sul da Itália, tido pelos antigos romanos como a entrada para os Infernos.

De certa forma, era verdade. Não sentia dor e não podia me queixar de nenhuma disfunção física. Minha enfermidade parecia ser mental ou nervosa. Por mais terrível que fosse meu padecimento, eu o guardei para mim, num recato mórbido.

Não poderia ser aquela doença que os camponeses chamavam de *oupire*, pois meu mal durava já três semanas, enquanto eles raramente ficavam doentes por mais de três dias, até a morte pôr fim a seu tormento.

Carmilla queixava-se de sonhos e sensações febris, mas com menor intensidade. Pudesse eu compreender minha condição, teria implorado de joelhos por ajuda e aconselhamento. Uma influência insuspeita agia sobre mim, alterando minhas percepções.

Conto-lhe agora um sonho que de imediato levou a uma descoberta estranha.

Uma noite, em vez da voz que costumava escutar em minha cabeça, ouvi outra, doce e suave mas ainda assim terrível, que dizia:

– Sua mãe pede que se acautele contra o ser assassino.

Ao mesmo tempo, brilhou uma luz súbita, e vi Carmilla parada ao pé de minha cama, em sua camisola branca, coberta do queixo aos pés por uma grande e única mancha de sangue.

Despertei gritando, obcecada pela ideia de que Carmilla estivesse sendo morta. Lembro-me de ter saltado da cama, e a recordação seguinte é estar no meio do saguão, pedindo ajuda aos gritos.

Madame e Mademoiselle saíram de seus quartos às carreiras, alarmadas. Vendo-me à luz da lâmpada que sempre brilhava no saguão, logo souberam a causa de meu terror.

Em virtude de minha insistência, golpeamos a porta de Carmilla, mas não houve resposta. Começamos a bater com mais força, gritando o nome dela, em vão.

A porta estava trancada, e todas nós ficamos assustadas. Em pânico, corremos de volta para meu quarto, onde tocamos a campainha repetidas vezes. Se o quarto de meu pai estivesse nessa mesma ala da casa, teríamos de imediato pedido seu auxílio. Contudo, por infelicidade, estava fora do alcance de nossas

vozes, e chegar até ele exigiria uma incursão para a qual faltava-
-nos coragem.
  Logo, porém, os criados vieram correndo pelas escadas. Nesse ínterim, todas nós vestimos nossos penhoares e chinelos. Reconhecendo as vozes no saguão, avançamos juntas e, depois de retomarmos sem êxito os chamados em frente ao quarto de Carmilla, ordenei aos homens que forçassem a fechadura. Eles o fizeram, e nos detivemos no umbral da porta, olhando para dentro sob a claridade das luzes que segurávamos bem ao alto. Chamamos o nome dela, ainda sem resposta. Olhamos ao redor do quarto. Tudo estava no lugar, exatamente como quando a deixei após dar-lhe boa-noite. No entanto Carmilla havia desaparecido.

VIII. Busca

Examinando o aposento, em perfeita ordem exceto por nossa entrada violenta, aos poucos nos acalmamos e logo recuperamos suficiente serenidade para dispensar os homens. Ocorreu a Mademoiselle que Carmilla podia ter acordado com a confusão diante de sua porta e, tomada de pânico, ter saltado da cama para se esconder em algum armário ou atrás de uma cortina, de onde ela não poderia, é claro, emergir antes que o mordomo e os ajudantes tivessem ido embora. Recomeçamos a busca, novamente chamando seu nome.

Tudo foi inútil. Nossa perplexidade e agitação aumentaram. Examinamos as janelas, mas estavam trancadas. Implorei a Carmilla que, se estivesse escondida, deixasse de lado aquela brincadeira cruel, revelando-se e pondo fim a nossa ansiedade. Nada. Por essa altura, convencera-me de que ela não se encontrava no quarto. Tampouco estava no quarto de vestir, ainda trancado por fora, de forma que ela não poderia ter entrado. Eu estava muito intrigada. Teria Carmilla descoberto uma daquelas passagens secretas que uma antiga governanta afirmara existir no *schloss*, de cuja localização precisa ninguém mais lembrava?

Entretanto, por mais perplexas que estivéssemos agora, sem dúvida, o tempo se encarregaria de explicar tudo. Já passava das quatro horas da manhã, e preferi ficar nos aposentos de Madame enquanto estivesse escuro. O amanhecer não trouxe qualquer solução à questão.

Todos na casa estavam num estado de polvorosa na manhã seguinte, com meu pai à frente. Cada cômodo do castelo foi vasculhado. O terreno foi examinado. Não havia traço algum da jovem desaparecida. Estavam a ponto de dragar o rio. Meu pai angustiava-se com a notícia que teria de dar quando a mãe da pobre menina voltasse. Também eu estava quase fora de mim, embora meu sofrimento fosse de outro tipo.

A manhã transcorreu num estado de alarme e agitação. Já era uma da tarde, e ainda não havia novidades. Corri até o quarto de Carmilla e encontrei-a junto à penteadeira. Fiquei atônita, sem poder crer em meus olhos. Ela me chamou com o dedo, em silêncio, com uma expressão de medo no rosto. Corri até ela num êxtase de alegria. Beijei-a e abracei-a repetidas vezes. Fui até a campainha, tocando-a com insistência para chamar os outros e aliviar de imediato a ansiedade de meu pai.

– Querida Carmilla, que aconteceu com você durante todo esse tempo? Estávamos loucos de preocupação – exclamei. – Onde esteve? Como voltou?

– Coisas muito estranhas aconteceram esta noite – ela disse.

– Por misericórdia, explique o que puder.

– Já passava das duas da manhã – ela contou – quando me deitei para dormir, em minha cama, como de costume, com as portas trancadas, tanto a do quarto de vestir quanto a que se abre para a galeria. Meu sono foi contínuo e, até onde me lembro, sem sonhos. Porém acordei agora há pouco no sofá do quarto de vestir e encontrei aberta a porta entre os dois quartos, e a outra porta arrombada. Como pode tudo isso ter acontecido sem que eu acordasse? Deve ter havido muito barulho, e meu sono é bastante leve. E como eu poderia ter sido tirada da cama sem que meu sono fosse interrompido, sendo que o menor movimento de ar consegue me despertar?

A essa altura, Madame, Mademoiselle, meu pai e vários criados estavam no quarto. Carmilla, é claro, foi soterrada com perguntas, felicitações e boas-vindas. Seu relato era muito simples e, dentre todos, ela parecia a pessoa menos capaz de fornecer uma explicação para o que lhe ocorrera.

Meu pai caminhou pelo quarto pensativo. Vi o olhar de Carmilla seguindo-o por um instante com um brilho sorrateiro e sombrio.

Meu pai dispensou os criados, e Mademoiselle saiu em busca de um frasquinho de valeriana e sais aromáticos. No quarto, apenas meu pai, Madame e eu ficamos com Carmilla. Ele se aproximou dela cuidadoso, tomou-lhe a mão com carinho e a levou até o sofá, sentando-se a seu lado.

— Você me perdoará, minha cara, se eu arriscar uma conjectura e fizer-lhe uma pergunta?
— Quem poderia ter mais direito? — ela disse.
— Pergunte o que quiser e eu lhe contarei tudo. Contudo em minha história só há assombro e escuridão. Não sei de nada. Faça qualquer pergunta, mas o senhor se lembra, claro, que mamãe me impôs limitações.
— Perfeitamente, querida criança. Não será necessário tocar nos assuntos sobre os quais deve silenciar. Bem, dentre os eventos desta noite, o mais assombroso é que tenha sido tirada da cama e do quarto sem que despertasse e, ao que tudo indica, com as janelas e as portas trancadas por dentro. Vou expor-lhe minha teoria e fazer uma pergunta.

Carmilla estava apoiada em uma das mãos, abatida. Madame e eu escutávamos, prendendo a respiração.

— Minha pergunta é: já houve alguma suspeita de que fosse sonâmbula?
— Nunca, exceto quando era muito pequena.
— Mas quando pequena você caminhava em seu sono?
— Sim, sei disso porque minha antiga babá me contou várias vezes.

Meu pai sorriu e concordou com a cabeça.

— Bem, o que ocorreu foi que, dormindo, você levantou, destrancou a porta e, em vez de deixar a chave na fechadura, como de costume, tirou-a e trancou por fora a porta, levando-a consigo. Pode ter ido para qualquer dos vinte e cinco cômodos que há neste andar, pode ter subido as escadas ou pode ter descido. São tantos os quartos e cubículos, há tanta mobília pesada e tal acúmulo de peças de madeira que uma busca minuciosa exigiria uma semana. Percebe onde quero chegar?
— Sim, mas não de todo — ela respondeu.
— Mas, papai, como explica que ela tenha despertado no sofá do quarto de vestir, que vasculhamos com tanta atenção?
— Ela voltou depois disso, ainda adormecida, e acabou por despertar de modo espontâneo, surpreendendo-se ela própria por estar ali. Gostaria que todos os mistérios tivessem uma explicação tão fácil e inocente como este, Carmilla — ele disse,

rindo. – Podemos ficar satisfeitos com a certeza de que a explicação mais natural para tudo não envolve soníferos, fechaduras arrombadas, ladrões ou envenenadores, ou bruxas. Nada que cause alarme a Carmilla ou a outras pessoas quanto a nossa segurança.

Carmilla o olhava, encantadora. Nada poderia ser mais belo que os matizes de sua tez. Para mim, sua beleza era acentuada pela graciosa indolência que lhe era tão peculiar. Penso que meu pai em silêncio comparava sua aparência à minha, pois disse:

– Gostaria que minha pobre Laura exibisse seu viço costumeiro. – E suspirou.

Assim, nossos receios tiveram um final feliz, com Carmilla novamente entre seus amigos.

IX. O médico

Carmilla recusava-se a ter uma acompanhante no quarto, de modo que meu pai providenciou para que um criado dormisse diante de sua porta. Caso ela tentasse sair de novo, seria impedida ali mesmo.
A noite transcorreu tranquila. Bem cedo na manhã seguinte, o médico, que meu pai mandara chamar sem que eu soubesse, apareceu para me examinar.
Madame me acompanhou até a biblioteca, onde o doutor sisudo e franzino que já mencionei antes, com seus óculos e seu cabelo branco, estava a minha espera.
Contei-lhe minha história e, à medida que progredia, ele ficava mais e mais sisudo.
Estávamos ambos em pé, no recesso de uma das janelas, de frente um para o outro. Quando terminei o relato, ele apoiou os ombros na parede e seus olhos fitaram-me ansiosos, com um interesse que tinha uma ponta de horror.
Depois de breve reflexão, ele perguntou a Madame se poderia ver meu pai.
Ele foi chamado e, ao chegar, disse sorrindo:
— Ouso pensar, doutor, que vai me dizer que sou um velho tolo por fazê-lo vir aqui. E imagino que de fato o seja.
Mas seu sorriso minguou quando o médico, com expressão muito séria, chamou-o para junto de si.
Ambos confabularam por algum tempo no mesmo recesso onde estivéramos. A conversa parecia nervosa e tensa. O aposento é enorme, e Madame e eu estávamos juntas em um dos extremos, ardendo em curiosidade. Não podíamos ouvir uma palavra, pois eles falavam em voz muito baixa, e o profundo recesso da janela escondia de vista o doutor. Víamos apenas um pé, um braço e o ombro de meu pai. As vozes eram atenuadas ainda mais pela espécie de câmara que as paredes grossas e a janela formavam.
Passado algum tempo, o semblante de meu pai voltou-se para o aposento. Estava pálido e pensativo e pareceu-me agitado.

— Laura, querida, venha aqui um instante. Madame, o doutor diz que não a incomodaremos por ora.

Aproximei-me obediente, pela primeira vez um pouco temerosa. Sentia-me fraca, mas não doente, e sempre acreditamos que energia é algo que podemos reunir quando bem entendemos. Meu pai estendeu-me a mão quando me aproximei, mas ele tinha os olhos voltados para o médico, e dizia:

— Com certeza é muito estranho, e não chego a entender totalmente. Laura, venha aqui, querida. Escute o doutor Spielsberg e responda o que ele lhe perguntar.

— A senhorita mencionou ter sentido como se duas agulhas lhe perfurassem a pele em algum ponto de seu pescoço na noite em que teve o primeiro pesadelo. Ainda sente algum incômodo?

— Não, nada — respondi.

— Pode indicar com o dedo o local onde acha que isso aconteceu?

— Um pouco abaixo da garganta. Aqui — respondi. Meu vestido cobria o local que eu apontava.

— Agora o senhor poderá comprovar por si mesmo — disse o doutor. — A senhorita se importaria se o seu pai baixasse a gola de seu vestido só um pouquinho? É necessário, para evidenciar um sintoma da enfermidade de que vem padecendo.

Concordei. O ponto não estava a mais de cinco centímetros abaixo de minha gola.

— Que Deus me perdoe, é isso mesmo! — exclamou meu pai, empalidecendo.

— Agora vê com seus próprios olhos — disse o doutor, num triunfo sombrio.

— Que é? — exclamei eu, começando a me assustar.

— Nada, minha querida jovenzinha, a não ser uma mancha azulada, do tamanho da ponta de seu dedo mínimo. A questão agora é — ele se voltou para meu pai — qual a melhor providência a tomar.

— Existe algum perigo? — perguntei, muito nervosa.

— Espero que não — o doutor respondeu. — Não vejo por que a senhorita não deva recuperar-se, ou por que não deva sentir-se

melhor neste mesmo momento. É nesse ponto que a sensação de estrangulamento começa?
— Sim — respondi.
— Agora tente lembrar o melhor que puder. Foi desse mesmo ponto que emanou a sensação que descreveu há pouco, como a corrente fria de um rio tocando-a?
— Pode ter sido. Creio que sim.
— Ah, vê? — disse ele para meu pai. — Posso ter uma palavra com Madame?
— Certamente — respondeu meu pai.
O médico chamou Madame e disse-lhe:
— Nossa jovem amiga aqui me parece não estar muito bem. Não é nada que tenha consequências, espero, mas será necessário tomar algumas medidas, que explicarei aos poucos. Nesse meio-tempo, Madame terá a bondade de não deixar Laura a sós por um momento sequer. Por enquanto é a única orientação que lhe darei, e é indispensável que a siga.
— Sei que podemos contar com sua gentileza, Madame — acrescentou meu pai.
Madame assegurou-lhe que sim, enfática.
— E você, Laura querida, sei que vai obedecer às ordens médicas.
— Preciso perguntar sua opinião a respeito de outra paciente, cujos sintomas parecem-se um pouco aos que minha filha acaba de detalhar-lhe. Sua intensidade é muito mais suave, mas acredito que sejam do mesmo tipo. É uma jovem, nossa hóspede. Mas, como diz que passará por aqui novamente hoje à noite, seria bastante conveniente que ceasse aqui e então a examinasse. Ela não costuma descer até a tarde.
— Eu lhe agradeço — disse o doutor. — Virei aqui, então, por volta das sete da noite.
Após repetirem suas orientações a mim e a Madame, meu pai e ele nos deixaram. Eu os vi caminhando juntos, indo e vindo entre a estrada e o fosso, pelo gramado em frente ao castelo, evidentemente absortos numa conversa intensa.
O doutor não voltou a entrar. Vi quando montou seu cavalo, despediu-se e partiu para leste, através da floresta.

Quase ao mesmo tempo, vi chegar o homem que trazia de Dranfield a correspondência. Ele desmontou e entregou a sacola a meu pai.

Nesse meio-tempo, Madame e eu estávamos ocupadas, perdidas em conjecturas sobre o que teria motivado as orientações tão singulares e urgentes que o doutor e meu pai nos deram. Madame depois me contou que achou, então, que o doutor temia um mal súbito e que, sem pronto auxílio, eu correria o risco de perder a vida ou ferir-me durante algum ataque.

Essa explicação não me satisfez. Imaginei, e talvez isso tenha sido bom para meus nervos, que tais providências haviam sido prescritas apenas para que tivesse sempre uma acompanhante, que me impediria de fazer muito esforço, ou comer frutas ainda verdes, ou fazer alguma das cinquenta coisas tolas que, supõe-se, gente jovem tem tendência a fazer.

Meia hora depois, meu pai entrou com uma carta na mão e disse:

— Esta carta foi entregue com atraso. É do general Spielsdorf. Ele deveria ter chegado aqui ontem, mas pode não vir até amanhã, ou talvez venha ainda hoje.

Ele me entregou a carta aberta. No entanto, não parecia satisfeito como costumava ficar sempre que esperávamos visitas, em particular alguém tão querido como o general.

Ao contrário, tinha cara de quem desejava que o general estivesse no fundo do Mar Vermelho. Estava claro que passava-lhe algo pela cabeça que não queria dizer.

— Papai, querido, pode me dizer uma coisa? — disse eu, tocando-lhe o braço de repente e olhando-o com expressão de súplica.

— Talvez — respondeu ele, alisando com carinho o cabelo por cima de meus olhos.

— O médico acha que estou muito doente?

— Não, querida, ele acha que, se as medidas adequadas forem tomadas, você estará bem de novo, ou pelo menos a caminho da recuperação completa, em um ou dois dias — ele respondeu, com alguma secura. — Gostaria que nosso amigo, o general, tivesse escolhido outro momento para vir.

Quero dizer, gostaria que sua saúde estivesse perfeita para recebê-lo.

— Mas diga-me, papai — insisti. — O que é que o doutor acha que tenho?

— Nada. Você não deve me perturbar com perguntas — ele disse irritado como nunca o vira antes. Creio que percebeu que eu ficara magoada, pois me beijou e acrescentou:

— Você saberá tudo em um ou dois dias, ou melhor, tudo que eu souber. Enquanto isso, você não deve se preocupar com nada disso.

Ele se virou e deixou a sala, mas voltou enquanto eu ainda tentava entender a estranheza de tudo aquilo apenas para anunciar que estava indo para Karnstein. A carruagem estaria pronta às doze, e eu e Madame deveríamos ir com ele. Ele iria visitar, a negócios, o padre que morava vizinho àquele lugar pitoresco. Como Carmilla jamais havia estado lá, quando despertasse, poderia juntar-se a nós, na companhia de Mademoiselle, que levaria o necessário para o que os ingleses chamam de piquenique, que faríamos no castelo em ruínas.

Às doze em ponto eu estava pronta, e pouco depois meu pai, Madame e eu partimos em nosso passeio. Passamos a ponte levadiça, viramos para a direita e seguimos a estrada na direção oeste, cruzando a ponte gótica em arco, rumo ao vilarejo abandonado e às ruínas do castelo de Karnstein.

Aquele caminho em meio à floresta é de uma beleza incomparável, com o terreno ondulando em colinas e vales suaves, revestidos por um arvoredo belíssimo, onde não há em absoluto a formalidade que o plantio artificial, o cultivo planejado e as podas impõem à paisagem.

As irregularidades do terreno com frequência afastam a estrada de seu curso, forçando-a a contornar em belas curvas as bordas do vale e as encostas das colinas mais íngremes, por entre uma variedade de relevos quase inesgotável.

Fazendo uma dessas curvas, deparamo-nos de repente com nosso velho amigo, o general, cavalgando em nossa direção e acompanhado por um criado também a cavalo. Sua bagagem vinha atrás, em uma carroça de aluguel.

O general apeou quando nos detivemos e, depois das saudações habituais, foi persuadido com facilidade a aceitar o lugar vago em nossa carruagem, deixando que o criado seguisse viagem, levando seu cavalo até o *schloss*.

X. Consternado

Fazia uns dez meses que não o víamos. Aquele período fora suficiente para produzir uma alteração de anos em sua aparência. Ele emagrecera. Um ar sombrio e nervoso tomara o lugar da cordial serenidade que costumava transparecer em suas feições. Os olhos azul-escuros, sempre penetrantes, agora tinham um brilho mais duro por baixo das sobrancelhas grisalhas e revoltas. Semelhante mudança não resultaria apenas da dor; sentimentos mais violentos pareciam ter parte da culpa.

Nem bem tínhamos retomado nosso caminho quando o general se pôs a falar, com sua objetividade militar, do sofrimento que lhe produzira a morte de sua querida sobrinha e protegida. Então ele se lançou num discurso de intensa amargura e fúria, em que investia contra as "artes infernais" que a teriam vitimado e expressava, com mais exasperação que devoção, seu assombro ante o fato de o Céu tolerar aquela manifestação tão monstruosa de apetites e maldades dos infernos.

Meu pai, apercebendo-se de imediato de que algo muito fora do comum se passara, pediu-lhe, cheio de cuidados, que detalhasse as circunstâncias que ele julgava justificarem os termos tão fortes com que se expressava.

– Conto-lhe de muito bom grado – disse o general. – Mas não vai acreditar em mim.

– Por que não o faria? – meu pai perguntou.

– Porque o senhor não acredita em nada que não se amolde a seus próprios preconceitos e ilusões – respondeu o general, exasperado. – Lembro-me de também ter sido assim, mas terminei aprendendo.

– Façamos uma tentativa – disse meu pai. – Não sou tão dogmático como supõe. Além do mais, sei muito bem que o senhor não costuma aceitar nada sem provas, por isso estou sempre muito inclinado a respeitar suas conclusões.

– Está certo ao supor que nada há de leviano na forma como aceitei o extraordinário. Pois foi com o extraordinário que me confrontei, e foram evidências extraordinárias que me forçaram a crer naquilo que se opunha diametralmente a todas as minhas teorias, e a reconhecer que fora iludido por uma maquinação sobrenatural.

Apesar de suas manifestações de confiança no julgamento do general, vi meu pai lançar-lhe um olhar que me pareceu cheio de suspeita quanto à sanidade dele.

Por sorte, o general não notou. Ele contemplava sombrio e enigmático os prados e as florestas que se descortinavam diante de nós.

– Planeja visitar as ruínas de Karnstein? – perguntou. – Sim, uma coincidência afortunada. Eu tencionava pedir-lhe que me trouxesse aqui para inspecioná-las. Tenho um objetivo específico para tal exploração. Existe uma capela arruinada, com vários túmulos dessa família já extinta, não?

– Sim, e é bem interessante – disse meu pai. – Intenciona pleitear o título e as propriedades?

Meu pai falara em tom de troça, mas o general não riu, nem sequer deu um sorriso, que a cortesia exigiria diante da piada de um amigo. Ao contrário, ficou sério e até mesmo carrancudo, ruminando algo que lhe provocava fúria e horror.

– É algo bem diferente – disse ríspido. – Pretendo desencavar algumas daquelas nobres pessoas. Com a bênção do Senhor, espero perpetrar um sacrilégio piedoso, que livrará nossa terra de certos monstros e permitirá que a gente de bem durma sem ser atacada no leito por assassinos. Tenho fatos estranhos para contar-lhe, caro amigo, e apenas alguns meses atrás eu mesmo os rechaçaria como inacreditáveis.

Meu pai olhou-o de novo, não mais com desconfiança, mas com perspicácia e apreensão.

– A casa de Karnstein está extinta há muito – disse. – Faz pelo menos cem anos. Minha amada esposa descendia dos Karnstein pelo lado materno, mas o nome e o título há tempos deixaram de existir. O castelo é um escombro, e a própria aldeia está deserta. Há pelo menos cinquenta anos, a fumaça não se eleva de nenhuma chaminé, e não resta um único telhado.

— É verdade; desde a última vez que nos encontramos, ouvi muitas histórias sobre isso. Histórias que lhe parecerão assombrosas. Porém devo contar tudo na ordem em que ocorreu — disse o general. — Você conheceu minha querida protegida, minha filha, posso chamá-la assim. Não poderia existir criatura mais bela e, há apenas três meses, nenhuma seria mais viçosa.

— Sim, pobrezinha, pareceu-me tão adorável quando a conheci! — disse meu pai. — Não posso expressar em palavras o quão chocado e desolado fiquei. Asseguro-lhe, caro amigo, sei como foi duro esse golpe.

Ele tomou a mão do general e apertou-a com afeto. As lágrimas encheram os olhos do velho soldado, que não tentou disfarçá-las. Então ele disse:

— Somos amigos de longa data, sabia que me entenderia. Nunca tive filhos, e ela se tornou alvo de todo o meu interesse, e retribuía a meus cuidados com uma afeição que aquecia meu lar e alegrava minha vida. Agora tudo se foi. Os anos que me restam na Terra podem não ser muitos. Com a graça de Deus, porém, tenho esperança de prestar um serviço à humanidade antes de morrer, e fazer recair a vingança divina sobre os monstros que assassinaram minha pobre filha na primavera de suas esperanças e beleza!

— Há pouco disse que pretendia relatar os fatos como ocorreram — disse meu pai. — Rogo-lhe que o faça. Assevero-lhe que não é por curiosidade pura que lhe peço.

Naquele momento, chegávamos ao ponto onde a estrada para Drunstall, por onde viera o general, separava-se da estrada que nos levaria a Karnstein.

— Quanto distam as ruínas? — indagou o general, olhando ansioso para diante.

— Cerca de dois quilômetros e meio — meu pai respondeu. — Por favor, conte-nos a história que foi tão amável em prometer-nos.

XI. A história

— Será um prazer — disse o general, com esforço. Depois de uma breve pausa para organizar os pensamentos, ele deu início a uma das narrativas mais estranhas que já ouvi.

— Minha querida menina aguardava com deliciosa ansiedade a visita a sua adorável filha, que o senhor tão generosamente planejou. — Ele me dirigiu uma mesura galante, mas melancólica. — Nesse meio-tempo, tivemos um convite de meu velho amigo, o conde Carlsfeld, cujo *schloss* fica cerca de trinta e cinco quilômetros para o outro lado de Karnstein. Ele desejava nossa presença numa série de festividades que ofereceu em honra de um visitante ilustre, o grão-duque Charles, o senhor deve se lembrar disso.

— Sim, e creio que foram esplêndidas — disse meu pai.

— Principescas! A hospitalidade dele é sempre régia. Ele tem a lâmpada de Aladim. Na noite em que começou meu padecimento, estava programado um magnífico baile de máscaras. Os jardins haviam sido abertos e lâmpadas coloridas pendiam das árvores. Houve um espetáculo de fogos de artifício que nem mesmo Paris jamais viu igual. E a música! A música, bem o sabe, é minha fraqueza. A música era arrebatadora. Talvez a melhor orquestra instrumental do mundo, e os mais exímios cantores que seria possível reunir nas grandes óperas da Europa. Ao percorrer os jardins sob tão fantástica iluminação, com o luar banhando o castelo cujas janelas resplandeciam com uma luz rosada, de repente ouvia-se um coro fascinante de vozes saindo de algum arvoredo, ou erguendo-se dos barcos no lago. Ver e ouvir tal espetáculo transportou-me de volta ao romantismo e à poesia de minha juventude.

"Quando os fogos terminaram e teve início o baile, retornamos para os elegantes salões franqueados aos convivas. Bailes de máscaras sempre são uma bela visão, mas nunca vi espetáculo tão brilhante como aquele.

"Era uma reunião muito aristocrática. Eu era talvez o único 'ser insignificante' presente.

"Minha filha querida estava maravilhosa. Não usava máscara. Seu entusiasmo e deleite davam um charme indizível a sua fisionomia, sempre adorável. Notei uma jovem mascarada, magnificamente vestida, que parecia observar minha protegida com interesse fora do comum. Eu já a vira fazendo isso duas vezes naquela noite, primeiro no salão principal e depois quando caminhava perto de nós, no terraço sob as janelas do castelo. Tinha por dama de companhia uma senhora também de máscara, trajada com opulência e distinção, e com o ar portentoso de alguém importante. É claro que, se a jovem não estivesse de máscara, eu poderia ter me certificado se ela de fato estava observando minha pobre filha. Hoje tenho certeza que sim.

"Estávamos em um dos salões. Minha querida filha estivera dançando e descansava por um instante em uma das cadeiras próximas da porta. Eu estava de pé junto a ela. As duas damas que mencionei aproximaram-se, e a mais jovem tomou assento ao lado de minha protegida. Sua acompanhante postou-se perto de mim e dirigiu algumas palavras à jovem, em voz baixa.

"Valendo-se do privilégio da máscara, ela se virou para mim, e no tom de uma velha amiga, e chamando-me por meu nome, entabulou uma conversa comigo. Isso aguçou minha curiosidade. Ela mencionou várias ocasiões em que me encontrou, na Corte e em casas eminentes. Ela aludiu a pequenos incidentes que pensei ter esquecido, mas que estavam apenas guardados na memória, pois voltaram à vida com sua simples menção.

"Fiquei mais e mais curioso em saber quem era. Ela esquivou-se com elegância e simpatia a minhas tentativas de descobrir sua identidade. O conhecimento que demonstrava sobre várias passagens de minha vida era inexplicável. Parecia ter prazer em frustrar minha curiosidade e ver-me enredado em perplexidade, indo de uma conjectura a outra.

"Enquanto isso, a jovem, a quem a mãe chamara pelo curioso nome de Millarca ao trocarem algumas palavras uma ou duas vezes, com a mesma facilidade e graça havia começado a conversar com minha protegida.

"Apresentou-se dizendo que sua mãe era velha conhecida minha. Falando como se fosse uma amiga, referiu-se à audácia amistosa que a máscara tornava praticável, elogiou-lhe o vestido e insinuou com elegância sua admiração pela beleza dela. Entreteve-a com seus comentários cômicos sobre as pessoas que lotavam o salão de festas e riu-se da forma como minha pobre garota se divertia. Era espirituosa e vivaz quando queria, e em pouco tempo tornaram-se boas amigas. A jovem desconhecida baixou a máscara, revelando uma face de notável beleza. Nem eu nem minha querida filha jamais a víramos antes. Apesar disso, suas feições eram tão cativantes e adoráveis que era impossível não sentir uma forte atração. Foi o que aconteceu com minha pobre menina. Foi conquistada à primeira vista, como nunca vi acontecer, à exceção da própria desconhecida, que também estava encantada com ela.

"No meio-tempo, aproveitando a liberdade proporcionada pelo baile de máscaras, fiz não poucas perguntas à dama mais velha:

— A senhora já me deixou bastante intrigado — disse, rindo.

— Não é o suficiente? Consentiria agora em dar-me igualdade de condições e ter a bondade de tirar a máscara?

— Pedido algum seria mais descabido — ela respondeu. — Pedir a uma dama para abrir mão de sua vantagem! Além disso, como sabe que poderia reconhecer-me? O tempo traz mudanças.

— Como pode ver — disse eu, com uma mesura e uma risada um tanto melancólica.

— Assim nos ensinam os filósofos — disse ela. — E como sabe que a visão de minha face poderia ajudá-lo?

— Gostaria de arriscar — respondi. — É inútil tentar passar-se por idosa, sua silhueta a atraiçoa.

— E, no entanto, passaram-se anos desde que o vi, ou melhor, desde que me viu, pois é o que interessa. Millarca, ali, é minha filha, e portanto não posso ser jovem, mesmo na opinião de gente a quem os anos ensinaram a indulgência, e talvez eu não queira ser comparada com a imagem que guarda de mim. O senhor não tem uma máscara para remover. Não pode me oferecer nada em troca.

— Apelo à sua piedade para que remova a máscara.

— E eu à sua para que ela permaneça onde está — a mulher retrucou.

— Bem, ao menos diga-me se é francesa ou alemã, pois fala ambos os idiomas com perfeição.

— Não creio que queira contar-lhe, general. Planeja surpreender-me, e está calculando como atacar.

— De qualquer modo, há algo que não pode negar-me — disse eu. — Tendo sido honrado com sua permissão para que conversássemos, devo saber como dirigir-me à senhora. Posso chamá-la de condessa?

"Ela riu, e teria sem dúvida evadido novamente minha questão. Claro que, naquela conversa que parece ter sido habilmente planejada de antemão, como hoje creio que foi, talvez nenhuma ocorrência tenha sido acidental.

— Quanto a isso... — ela começou, para ser de imediato interrompida por um homem vestido de negro, com aparência bastante elegante e distinta, apenas prejudicada pela palidez cadavérica de seu rosto, como só vi igual na morte. Não estava fantasiado, mas usava o traje noturno habitual de um cavalheiro. Sem sorrir, e com uma mesura cortês e exagerada, ele disse:

— A senhora condessa permitiria que eu lhe dissesse algumas palavras que podem ser de seu interesse?

"A dama virou-se rápido para ele e tocou os lábios sinalizando silêncio. Então me disse:

— Guarde o lugar para mim, general. Retornarei depois desta breve conversa.

"Com esta instrução, dada em tom jovial, ela se afastou um pouco com o cavalheiro de negro e conversou por alguns minutos, com aparente ansiedade. Então eles caminharam juntos, devagar, rumo à multidão, e perdi-os de vista por alguns minutos.

"Durante esse tempo quebrei a cabeça tentando imaginar quem seria aquela senhora que parecia recordar-me com tanta afeição. Estava a ponto de juntar-me à conversação entre minha bela protegida e a filha da condessa, pensando se ao retorno desta eu poderia de alguma forma surpreendê-la, com seu nome, título, castelo e propriedades na ponta da língua. Porém nesse momento ela voltou, junto ao homem pálido de negro, que disse:

— Retornarei para informar a senhora condessa quando a carruagem estiver à porta — e retirou-se com uma reverência."

XII. Um pedido

(E o general continuou sua narrativa.)
— Então a senhora condessa nos deixará, mas espero que apenas por algumas horas — disse eu, com uma pequena mesura.
— Podem ser horas, ou algumas semanas. É uma infelicidade que ele tenha me procurado neste momento. Sabe agora quem sou?
Garanti-lhe que não.
— Pois vai saber, mas não agora — ela disse. — Somos bons amigos há mais tempo do que suspeita. Não posso revelar-me. Em três semanas, passarei por seu belo *schloss*, sobre o qual tenho me informado. Deverei visitá-lo então por uma ou duas horas e restabelecer uma amizade da qual sempre me lembro com mil recordações agradáveis. Neste momento uma notícia atingiu-me como um raio. Devo partir agora e viajar quase cento e sessenta quilômetros por uma rota tortuosa, com toda a urgência possível. Minhas perplexidades multiplicam-se. Apenas a discrição compulsória quanto a minha identidade desencoraja-me de fazer-lhe um pedido muito singular. Minha pobre filha ainda não recuperou as forças, desde que seu cavalo caiu com ela, enquanto assistia a uma caçada. Seus nervos tampouco se recuperaram do choque, e nosso médico diz que ainda por algum tempo em hipótese alguma ela pode se extenuar. Em consequência, para chegar aqui, viajamos em etapas suaves, uns trinta quilômetros por dia. Agora deverei viajar dia e noite, numa missão de vida e morte, cuja natureza crítica e preocupante só poderei explicar-lhe quando nos reencontrarmos, espero que em poucas semanas e sem a necessidade de qualquer disfarce.
Prosseguindo, ela fez o pedido, no tom de uma pessoa para quem tal solicitação equivalia a conferir um favor, mais que pedi-lo. Era, porém, apenas uma questão de modos que pareciam ser de todo inconscientes. Os termos nos quais se expressava não poderiam ser mais humildes. Ela pedia simplesmente que eu consentisse em tomar conta da filha durante sua ausência.

Dentro das circunstâncias, esse pedido era não apenas estranho mas audacioso. Ela de certa forma me desarmou, citando e admitindo qualquer objeção que pudesse ser feita do pedido, e colocando-se à mercê de meu cavalheirismo. No mesmo momento, por uma fatalidade que parece ter predeterminado tudo o que se passou, minha pobre filha veio para meu lado e, em voz baixa, implorou-me que convidasse sua nova amiga, Millarca, para uma visita. Acabava de sondar a moça e parecia-lhe que, se a mãe concordasse, ela adoraria a ideia.

Noutro momento eu lhe pediria que esperasse um pouco, ao menos até sabermos quem eram. No entanto não tive tempo para pensar. Ambas assediaram-me juntas, e devo confessar que havia na face refinada e bela da jovem algo tão cativante, além da elegância e do brilho dos bem-nascidos, que me fez decidir. Fui dominado e capitulei sem resistência, assumindo dessa forma a guarda da jovem que a mãe chamava de Millarca.

A condessa chamou sua filha, que a ouviu com muita atenção enquanto explicava a convocação súbita e peremptória que recebera, e de que modo havíamos deliberado que ela ficaria sob meus cuidados, acrescentando que eu era um de seus mais antigos e diletos amigos.

Proferi, claro, as palavras adequadas em tal ocasião e, refletindo bem, encontrei-me numa situação da qual não gostava nem um pouco.

O cavalheiro de negro voltou e, muito cerimonioso, conduziu a dama para fora do salão.

A forma como ele se portava produziu em mim a convicção de que a condessa era uma dama de muito mais importância do que seu modesto título me podia fazer crer.

Em uma última recomendação, ela me disse que não tentasse, até sua volta, saber sobre ela mais do que já conjecturara. Nosso distinto anfitrião, de quem era hóspede, conhecia suas razões.

— Todavia, nem eu nem minha filha estaríamos seguras se ficássemos aqui mais de um dia. Há cerca de uma hora, cometi a imprudência de remover a máscara por um instante, e tarde demais pensei ter sido vista pelo senhor. Resolvi, assim, criar a oportunidade de falar-lhe. Tivesse eu notado que conhecia minha identidade, imploraria a seu senso de honra para que guardasse segredo durante algumas semanas. Agora estou certa de que não me viu, mas se tem alguma suspeita de quem sou, ou se chegar a tê-la, de igual forma confio-me a sua honra. Minha filha observará a mesma discrição, e sei que o senhor a recordará disso de tempos em tempos, para evitar que revele algo sem dar-se conta.

Ela sussurrou algumas palavras à filha, beijou-a duas vezes, apressada, e se foi, desaparecendo na multidão junto ao pálido cavalheiro de negro.

— Na sala ao lado há uma janela de onde se avista a porta principal da casa — disse Millarca. — Gostaria de ver mamãe pela última vez e soprar-lhe um beijo.

Assentimos, é claro, e acompanhamo-la até a janela. De lá vimos uma carruagem antiga e elegante, com um batalhão de estafetas e lacaios. A figura esguia do homem de negro acomodou uma pesada capa de veludo sobre os ombros da dama, ajeitando-lhe o capuz na cabeça. Ela lhe acenou com a cabeça e apenas tocou a mão dele. Ele se curvou várias vezes, reverente, enquanto a porta se fechava, e então a carruagem partiu.

— Foi-se — disse Millarca, com um suspiro.

— Foi-se — repeti para mim mesmo.

Depois dos momentos atabalhoados que se seguiram a minha decisão, pela primeira vez pensei na imprudência de tal ato.

— Ela não olhou para cá — lamuriou-se a jovem.

— Talvez a condessa tivesse tirado a máscara e não quisesse mostrar o rosto — disse-lhe —, e não tinha como saber que você estaria à janela.

Ela suspirou e me olhou no rosto. Era tão bela que me enterneci. Lamentei o fugaz arrependimento por minha hospitalidade e decidi redimir-me da descortesia involuntária com que a acolhera.

Recolocando a máscara, a jovem fez coro a minha protegida, persuadindo-me a voltar para os jardins, onde o concerto em breve recomeçaria. Assim o fizemos, e saímos para o terraço situado abaixo das janelas do castelo. Millarca sentia-se à vontade conosco, e entreteve-nos com divertidas descrições e histórias de pessoas importantes que víamos no terraço. Eu gostava cada vez mais dela. Seus mexericos, longe de ser grosseiros, agradavam-me bastante, pois há muito eu não tinha contato com o mundo exterior. Imaginei quanta vida ela traria às noites em nosso castelo, por vezes tão solitárias.

O baile só terminou quando o sol quase apontava no horizonte. Ao grão-duque agradava dançar por tanto tempo assim, e os leais convidados eram obrigados a acompanhá-lo, sem sequer pensar em cama.

Acabávamos de cruzar um salão apinhado quando minha protegida perguntou-me por Millarca. Achei que estivesse com ela, e ela achou que estivesse comigo. A verdade era que a tínhamos perdido.

Meus esforços em localizá-la foram vãos. Temi que, na confusão de nossa separação momentânea, por engano, ela tivesse tomado outras pessoas por seus novos amigos, seguindo-as até perder-se nos extensos jardins abertos aos convidados.

Eu descobria agora, em sua plenitude, outro aspecto insensato da decisão de tomar uma jovem a meu cargo sem ao menos saber seu nome. Preso como estava pelas promessas, cujos motivos desconhecia, sequer podia dirigir minha busca informando que a jovem desaparecida era filha da condessa que partira havia poucas horas.

Amanheceu. Era dia claro quando desisti de procurá-la. Não foi antes das duas da tarde que tive alguma notícia da desaparecida.

Mais ou menos a essa hora um criado bateu à porta de minha sobrinha, comunicando-lhe que uma jovem dama, que parecia bastante aflita, pedira que lhe informasse onde poderia encontrar o general barão Spielsdorf e a filha dele, e informando-lhe que sua guarda fora deixada a ele por sua mãe.

A despeito da leve inexatidão, não poderia haver dúvida de que nossa jovem amiga havia aparecido. Foi de fato o que ocorreu. Antes os Céus nos tivessem permitido havê-la perdido!

A história que contou a minha pobre filha explicava sua grande demora em encontrar-nos. Era tarde, disse ela, quando desistiu de encontrar-nos e foi até o quarto da governanta da casa, onde caiu num sono profundo que, apesar de longo, foi insuficiente para recuperar suas forças depois da fadiga do baile.

 Naquele dia, Millarca veio conosco para casa. Depois de tudo, eu estava feliz por ter conseguido uma companhia tão adorável para minha menina querida.

XIII. O lenhador

"Os inconvenientes, porém, não tardaram em aparecer. Em primeiro lugar, Millarca queixava-se de um langor extremo, uma fraqueza que perdurava depois de sua enfermidade recente, e ela nunca deixava seu quarto antes de a tarde já estar bem avançada. Ainda, ela sempre trancava sua porta por dentro e não tocava na chave até abrir a porta para a criada que a assistia na toalete, mas por acidente descobrimos que, sem sombra de dúvida, às vezes, ela se ausentava do quarto, de manhã cedo ou mais tarde ao longo do dia, em horários nos quais queria fazer-nos crer que ainda dormia. Várias vezes ela foi vista pelas janelas do *schloss*, na luminosidade acinzentada do começo do dia, caminhando entre as árvores rumo leste, com a aparência de uma pessoa em transe. Isto me convenceu de que era sonâmbula, mas essa hipótese não solucionava o quebra-cabeça. Como conseguia ela sair de seu quarto, deixando a porta trancada por dentro? Como podia evadir o castelo sem destrancar portas ou janelas?

"Em meio a minhas perplexidades, uma preocupação de natureza muito mais urgente aflorou.

"A aparência e a saúde de minha filha querida começaram a deteriorar-se de um modo tão misterioso, tão horrível, que me apavorou.

"A princípio, tinha sonhos assustadores, e então passou a ser visitada, segundo dizia, por um espectro que assumia ora a aparência de Millarca, ora de uma fera indistinta, rondando ao pé de sua cama, de um lado a outro. Por fim vieram as sensações. Uma delas, peculiar mas não desagradável, lembrava uma corrente de líquido gelado contra seu peito. Mais tarde ela sentia como se um par de grandes agulhas a perfurasse, pouco abaixo da garganta, com uma dor aguda. Algumas noites depois, sobreveio uma sensação de estrangulamento, gradual e convulsiva, e depois a inconsciência."

*

Eu ouvia com clareza cada palavra que o velho e bondoso general dizia, pois então rodávamos sobre a grama baixa que se estende pelos dois lados da estrada, já chegando à aldeia destelhada onde havia mais de meio século não se erguia a fumaça de uma chaminé.

Pode imaginar como foi estranho reconhecer meus próprios sintomas, descritos com tanta precisão, nos tormentos enfrentados pela pobre garota que, não fosse a catástrofe que se seguiu, a esta altura nos estaria visitando no castelo de meu pai. Pode supor, também, o que senti ouvindo-o detalhar os hábitos e as misteriosas peculiaridades de nossa bela hóspede, Carmilla!

Uma clareira abriu-se na floresta. De repente estávamos sob as chaminés e os frontões da aldeia deserta, e, no alto de uma pequena elevação, erguiam-se as torres e ameias do castelo em ruínas. Maciços de árvores gigantescas o cercavam.

Como num sonho assustador, desci da carruagem. Em silêncio, pois todos tínhamos abundante material para meditação, subimos pelo caminho e logo estávamos no castelo, entre aposentos espaçosos, escadas em curva e corredores sombrios.

— E isto foi um dia o palácio residencial dos Karnstein! — exclamou após algum tempo o velho general, que através de uma ampla janela observava a aldeia e, mais além, a vasta e ondulante extensão florestada. Ele continuou. — Era uma família ruim, e neste lugar foi escrita sua crônica banhada em sangue. É horrível que continuem, depois de mortos, a atormentar a raça humana com seus apetites hediondos. Ali embaixo está a capela dos Karnstein.

Ele apontou as paredes cinzentas de uma construção gótica que se entrevia mais abaixo, em meio à folhagem, a meia encosta.

— Escuto o machado de um lenhador atarefado entre as árvores ao redor dela — acrescentou. — Talvez ele possa nos dar informações sobre aquilo que estou buscando e levar-nos até o túmulo de Mircalla, condessa de Karnstein. Esses camponeses preservam as tradições locais das grandes famílias, cujas histórias morrem entre os ricos proprietários de títulos nem bem as próprias famílias se extinguem.

— Temos em casa um retrato de Mircalla, condessa de Karnstein. Gostaria de vê-lo? — perguntou meu pai.

— A seu devido tempo, caro amigo — respondeu o general. — Acredito ter visto a original. E um dos motivos que me levou a visitá-lo antes do que planejava foi exatamente explorar a capela da qual nos aproximamos agora.

— O quê! Viu a condessa Mircalla? — exclamou meu pai. — Mas ela está morta há mais de um século!

— Não tão morta como imagina, ouvi dizer — foi a resposta do general.

— Confesso, general, que não o entendo, em absoluto — replicou meu pai, e julguei ver, na forma como o olhava, a mesma desconfiança que detectara antes.

Contudo, embora os modos do velho general às vezes demonstrassem fúria e ódio, nada havia de frivolidade. Passávamos sob o pesado arco da capela gótica quando ele disse:

— Há um único objetivo que pode me interessar nos últimos anos que me restam na face da Terra: abater sobre ela a vingança que, agradeço a Deus, pode ainda ser infligida por meio da mão humana.

— A que vingança refere-se? — perguntou meu pai, cada vez mais espantado.

— Refiro-me a decapitar o monstro — respondeu o general, a face inflamada, e bateu o pé com um ruído que ecoou lúgubre pela ruína deserta. Ao mesmo tempo, ergueu o punho fechado e sacudiu-o no ar com ferocidade, como se empunhasse o cabo de um machado.

— O quê? — meu pai exclamou, mais atônito que nunca.

— Vou cortar-lhe fora a cabeça.

— Cortar-lhe a cabeça!

— Sim. Com uma machadinha, uma pá ou qualquer coisa que possa secionar sua garganta assassina. Já lhe contarei — ele respondeu, trêmulo de ira. Adiantando-se apressado, disse:

— Aquela viga pode fazer as vezes de um banco. Sua adorável

filha está exausta, pode sentar-se ali, e com algumas sentenças concluirei minha história tenebrosa.

O grosso bloco de madeira que jazia dentro da capela, no piso tomado por grama, oferecia um assento onde de bom grado me instalei. Enquanto isso, o general chamou o lenhador, que estivera removendo os galhos que pendiam sobre as paredes antigas. Segurando seu machado, o camarada robusto e já de certa idade postou-se diante de nós.

Ele nada pôde nos revelar sobre os monumentos. Porém havia um velho guarda-florestal hospedado na casa do padre, distante uns três quilômetros, que poderia indicar cada monumento da antiga família Karnstein. Por uma ninharia, ele se prontificou a buscá-lo e podia trazê-lo em pouco mais de meia hora caso lhe emprestássemos um de nossos cavalos.

– Trabalha há muito tempo nesta floresta? – perguntou meu pai ao velho.

– Tenho sido lenhador aqui, sob as ordens do guarda-florestal, por toda a minha vida – respondeu ele, em seu dialeto. – Meu pai o foi antes de mim, e assim por diante, por tantas gerações quantas posso contar. Poderia mostrar-lhe a casa onde viveram meus ancestrais, aqui na aldeia.

– Por que a aldeia foi abandonada? – perguntou o general.

– Ela foi atacada por *revenants*,[10] senhor. Vários deles foram seguidos até suas tumbas. Depois de terem sido detectados pelos métodos habituais, foram eliminados, também da maneira usual, por decapitação, antes de serem estaqueados e queimados. Porém isso só aconteceu depois que muitos moradores foram mortos.

"Todo o procedimento seguiu as leis – continuou ele. – Contudo, mesmo depois de tantos túmulos serem abertos e tantos vampiros serem privados da horrível força que os animava, a aldeia não encontrou paz. Um nobre da Morávia,[11] de

---

10. Um cadáver animado que voltaria para atacar os vivos (do francês *revenant*, "o que volta"). Na Europa, a crença nos *revenants* data da Idade Média, sendo muito anterior ao mito do vampiro, que se consolidou no imaginário europeu apenas em fins do século XVII.
11. Atualmente parte da República Tcheca.

passagem por aqui, ouviu falar do que acontecia. Como muita gente em seu país, ele tinha prática com esse tipo de fenômeno e ofereceu-se para livrar a aldeia de seu flagelo. Numa noite de lua clara, logo depois que escureceu, ele subiu ao alto da torre desta igreja, de onde podia avistar o cemitério. Este pode ser visto através daquela janela. De lá, o homem ficou vigiando até que o vampiro emergiu de seu túmulo, pôs de lado os panos de linho com que fora enterrado e então tomou o rumo da aldeia para atormentar os moradores.

"Tendo visto tudo isso, o forasteiro desceu do campanário, pegou a mortalha de linho e subiu de novo para o alto da torre, levando-a consigo. Quando o vampiro voltou de suas andanças, não encontrou os panos. Vendo o forasteiro no alto da torre, começou a gritar com ele, e em resposta o homem incitou-o a subir até lá para pegá-los. O vampiro aceitou o convite e começou escalar o campanário. Quando chegou à altura das ameias, com um golpe de sua espada o morávio partiu-lhe o crânio ao meio e o fez cair de volta no cemitério, para então descer pelas escadas, ir até ele e cortar-lhe a cabeça. No dia seguinte, entregou a cabeça e o corpo aos aldeãos, que os empalaram e queimaram do jeito apropriado.

"Esse cavalheiro morávio obteve autorização do então chefe da família para remover o túmulo de Mircalla, condessa de Karnstein. Assim o fez, e em pouco tempo o local foi esquecido por completo."

— Pode mostrar-nos onde ficava o túmulo? — pediu o general, ansioso.

O lenhador sacudiu a cabeça e sorriu.

— Vivente algum poderia dizer-lhe — respondeu. — Além disso, dizem que o corpo dela foi removido, mas nem isso é certeza.

Depois de seu relato, o tempo do lenhador fazia-se curto. Ele largou seu machado e partiu, deixando-nos em condições de ouvir o final da estranha história do general.

XIV. O encontro

— A saúde de minha querida filha agora deteriorava-se rapidamente — ele prosseguiu. — O médico que a atendeu não foi capaz de trazer o menor alívio a seu mal, que então eu acreditava ser algum tipo de doença. Ele percebeu minha aflição e sugeriu uma segunda opinião. Chamei um médico mais experiente, que vive em Gratz.
"Muitos dias se passaram antes que ele chegasse. Era um homem bom e pio, além de ter vasto conhecimento. Tendo examinado juntos minha pobre protegida, os dois médicos recolheram-se a minha biblioteca para discutirem. Da sala adjacente, onde aguardava ser chamado, eu ouvia as vozes dos dois cavalheiros erguerem-se em algo mais áspero do que uma discussão filosófica estrita. Bati à porta e entrei. Encontrei o velho médico de Gratz defendendo sua teoria. Seu rival a rechaçava, ridicularizando-a sem disfarces, ao mesmo tempo em que ria. Essa manifestação insólita foi interrompida quando entrei no aposento e a altercação chegou ao fim.

— Senhor, meu douto colega parece crer que o que necessita é um feiticeiro, não um médico.

— Perdoe-me — disse o velho médico de Gratz, com ar contrariado. — Demonstrarei meu ponto de vista em minhas próprias palavras, uma vez mais. Lamento, senhor general, que minhas habilidades e minha ciência não lhe sejam úteis. Antes de retirar-me, terei a honra de sugerir-lhe algo.

"Parecendo concentrado, sentou-se a uma mesa e começou a escrever. Profundamente desapontado, fiz uma saudação e preparava-me para sair quando o outro médico apontou por cima do ombro o colega que escrevia, encolheu os ombros e tocou a testa.

"Aquela consulta deixou-me, portanto, no ponto exato onde estivera antes. Saí para o jardim angustiado. O médico de Gratz veio a meu encontro dez ou quinze minutos depois. Desculpou-se por seguir-me e acrescentou que sua consciência não o deixaria partir sem algumas palavras. Disse-me que não havia como estar enganado. Doença natural alguma exibia aqueles sintomas, e a morte já rondava muito perto. No entanto, restava ainda um dia de vida, talvez dois. Se o ataque fatal pudesse ser evitado, talvez um cuidado intenso e muita perícia pudessem restaurar as forças de minha menina. No entanto tudo agora jazia nos limites do irrevogável. Outro ataque poderia extinguir a última centelha da vitalidade que está, a todo momento, pronta para desaparecer.

— Qual a natureza desse ataque que menciona? — perguntei suplicante.

— Escrevi tudo nesta nota, que entrego em suas mãos com a clara condição de que mande chamar o padre mais próximo e abra a carta em sua presença. Por nenhum motivo deve lê-la antes que ele chegue; caso contrário, o senhor faria pouco dela; e o caso é de vida e morte. Caso o padre não possa vir, então, sim, deve lê-la.

"Antes de partir, ele disse que era bem possível que eu viesse a querer falar com um homem de grande conhecimento sobre o tema, pois após a leitura da carta eu teria mais interesse por ele do que por qualquer outra pessoa. Eu deveria pedir a esse homem que viesse me ver, insistiu e em seguida partiu.

"O clérigo estava ausente, e li sozinho a carta. Em outro momento, ou em outro caso, ela poderia ter despertado em mim um senso de ridículo. Mas quanta charlatanice as pessoas não aceitam como último recurso quando falharam todos os meios normais e a vida de um ente querido corre perigo?

"Nada, dirão vocês, poderia ser mais absurdo do que a carta daquele homem tão culto. Era monstruosa o suficiente para confiná-lo a um hospício. Dizia ele que a paciente sofria os ataques de um vampiro! As perfurações próximas à garganta descritas por ela seriam, afirmava ele, a inserção dos dois dentes longos, finos e afiados que, como bem se sabe, são característicos dos vampiros. Não havia dúvida, acrescentava, quanto à presença das pequenas manchas lívidas em cuja descrição assemelhavam-se às produzidas pelos lábios do demônio. Cada sintoma descrito pela enferma estava em exata concordância com aqueles registrados a cada caso de semelhantes visitações.

"Sendo eu mesmo totalmente cético quanto à existência de qualquer aberração como os vampiros, a teoria sobrenatural aventada pelo bom doutor pareceu-me muito mais uma estranha associação de cultura e inteligência com algum tipo de alucinação. Sentia-me tão desesperado, porém, que me pareceu preferível seguir as instruções da carta a ficar de braços cruzados.

"Escondi-me na escuridão do quarto de vestir que se comunicava com o aposento da pobre paciente e, à luz da vela que iluminava esse segundo cômodo, observei-a imersa em profundo sono. Fiquei junto à porta, espiando por uma fresta estreita, e tinha a espada sobre uma mesa próxima, como orientavam as instruções. Um pouco depois da uma da manhã, vi algo negro, grande e de forma indefinível deslizar para cima da cama e com rapidez cobrir a garganta da pobre garota, convertendo-se em instantes numa grande massa intumescida e palpitante.

"Por alguns momentos fiquei petrificado. Então saltei para a frente, empunhando a espada. A criatura negra de súbito contraiu-se em direção aos pé da cama, escorregou para o chão e, então, parada a menos de um metro da cama, vi Millarca, fitando-me com um olhar cheio de ferocidade e ódio. Não sei em que pensava quando a golpeei incontinente com a espada, mas vi-a parada perto da porta ilesa. Horrorizado, fui atrás dela e a ataquei de novo. Ela havia desaparecido, e a espada despedaçou-se contra o piso.

"Impossível descrever o que se passou naquela noite horrível. Todos na casa estavam despertos e frenéticos. Millarca, o espectro, se fora, mas sua vítima se exauria depressa. Antes que a manhã clareasse, ela morreu."

O velho general estava agitado. Não dissemos nada. Meu pai afastou-se um pouco e começou a ler as inscrições nos túmulos. Assim ocupado, cruzou a porta que dava para uma capela lateral, em continuação a sua busca. O general apoiou-se à parede, secou os olhos e emitiu um suspiro profundo. Fiquei aliviada ao ouvir as vozes de Carmilla e Madame, que naquele momento se aproximavam. As vozes se afastaram.

Na solidão das ruínas, eu acabara de ouvir aquela história estranha, tão relacionada com os mortos importantes e nobres cujos sepulcros esfacelavam-se a nossa volta, entre o pó e a hera. Cada incidente narrado guardava uma semelhança tão terrível com meu próprio caso misterioso que, naquele lugar assombrado, obscurecido pela folhagem que se elevava densa e altaneira por todos os lados, acima das paredes silenciosas, o horror começou a infiltrar-se em mim. Meu coração ficou apertado quando me pareceu que, no final das contas, minhas amigas não entrariam ali para dispersar a cena triste e agourenta.

Com os olhos fixos no chão, o velho general curvou-se, apoiando a mão na base de um túmulo destruído.

Sob um pórtico baixo, encimado por um entalhe demoníaco e grotesco, bem ao gosto cínico e horrendo do estilo gótico, vi com muita alegria a bela figura de Carmilla penetrar na capela sombria.

Sorrindo, acenei com a cabeça em resposta a seu sorriso tão cativante, e estava a ponto de erguer-me e falar-lhe quando, com um brado, o velho a meu lado empunhou o machado do lenhador e lançou-se adiante. Ao vê-lo, as feições dela sofreram uma mudança brutal, uma transformação instantânea e horrível, enquanto ela recuava. Antes que eu pudesse gritar, ele a atacou com toda a força, mas ela mergulhou por baixo do golpe e, incólume, agarrou o pulso dele com a mão pequenina. Por um momento, ele tentou libertar o braço, mas sua mão se abriu e o machado caiu ao solo, e a jovem fugiu.

Ele cambaleou de encontro à parede. Seu cabelo grisalho estava em pé, e o brilho da transpiração cobria toda a sua face, como se ele estivesse à beira da morte.

A cena assustadora havia terminado em um instante. A próxima lembrança que tenho, em seguida, é de Madame parada junto a mim, perguntando repetidamente, com impaciência, de novo e de novo:

– Onde está Mademoiselle Carmilla?

Por fim, consegui responder:

– Não sei... não saberia dizer... ela foi por ali... – e apontei a porta por onde Madame acabara de entrar – ...faz um ou dois minutos.

– Mas fiquei parada ali, na passagem, desde que Mademoiselle Carmilla entrou, e sei que não voltou por aquele caminho. Ela então passou a chamar o nome de Carmilla através de cada porta e passagem, e pelas janelas, sem receber qualquer resposta.

– Ela disse que seu nome é Carmilla? – perguntou o general, ainda nervoso.

– Carmilla, sim – respondi eu.

– Pois então – disse ele. – Aquela é Millarca. É a mesma pessoa que um dia, muito tempo atrás, foi chamada Mircalla, condessa de Karnstein. Vá embora deste chão amaldiçoado, pobre criança, tão rápido quanto puder. Vá para a casa do padre, e fique lá até que cheguemos. Vá! Que nunca mais veja Carmilla. Você não vai encontrá-la aqui.

XV. Julgamento e execução

Assim que ele disse isso, o homem mais estranho que jamais vi entrou na capela pela porta através da qual Carmilla entrara e saíra. Era alto, magro e encurvado, tinha os ombros encolhidos e estava vestido de negro. A face era curtida e sulcada por rugas profundas. Usava um chapéu de formato curioso e aba larga. O cabelo, longo e grisalho, chegava-lhe aos ombros. Tinha um par de óculos dourados e caminhava devagar, com um andar peculiar, cambaleante. O rosto, que ora voltava para o céu, ora curvava em direção ao chão, parecia exibir um sorriso perpétuo. Balançava os braços longos e finos, e as mãos esguias, enfiadas em luvas que pareciam grandes demais, acenavam e gesticulavam em completa abstração.

– É ele, em pessoa! – exclamou o general, adiantando-se com óbvia satisfação. – Meu caro barão, como me alegra vê-lo, não esperava encontrá-lo tão cedo.

Ele acenou para meu pai, que por essa altura havia retornado, e conduziu até ele aquele cavalheiro tão incomum a quem chamara de barão. Depois de apresentá-los formalmente, de imediato estabeleceram uma conversação nervosa. O estranho tirou do bolso um papel enrolado e abriu-o sobre a superfície gasta de um túmulo próximo. Com um estojo de lápis na mão, traçou linhas imaginárias de um ponto a outro do papel, e de tanto em tanto todos erguiam juntos o olhar, fitando certos pontos da construção, de forma que concluí tratar-se de uma planta da capela. Ele intercalava sua preleção com a leitura ocasional de um livrinho surrado, cujas folhas amareladas estavam cobertas com uma escrita miúda.

Juntos, percorreram o corredor lateral, oposto ao ponto onde eu me encontrava, enquanto confabulavam entre si. Então puseram-se a medir distâncias por meio de passos, até por fim deterem-se todos defronte a um trecho da parede lateral, que examinaram com grande minúcia. Arrancaram a hera que a revestia, golpearam o reboco com a ponteira de suas bengalas, raspando aqui, batendo ali. Por fim, confirmaram a existência de uma grande laje de mármore, entalhada com letras em relevo. Com ajuda do lenhador, que já havia retornado, revelaram uma inscrição tumular e um brasão entalhado. Constatou-se pertencerem ao túmulo há muito perdido de Mircalla, condessa de Karnstein.

O velho general, embora não me parecesse muito dado a preces, ergueu mãos e olhos para o céu e deu graças por uns instantes.

– Amanhã – ouvi-o dizer –, o comissário virá, e a inquisição será conduzida de acordo com a lei.

Então virou-se para o velho dos óculos dourados que já descrevi, tomou-lhe a mão entre as suas calorosamente e disse:

– Barão, como posso agradecer-lhe? Como podemos todos nós agradecer-lhe? O senhor acaba de livrar esta região de uma praga que tem assolado seus habitantes por mais de um século. Por Deus, enfim, o horrível inimigo foi encontrado.

Meu pai chamou para um canto o desconhecido, e o general juntou-se a eles. Percebi que ele os levara para além do alcance de meus ouvidos, de forma a poder relatar meu caso, e vi que me olhavam de relance a cada tanto, enquanto prosseguia a discussão.

Meu pai veio até mim, beijou-me várias vezes e, conduzindo-me para fora da capela, disse:

– É hora de voltar para casa, mas, antes de irmos, o bom padre que mora perto daqui deve juntar-se a nosso grupo. Precisamos persuadi-lo a acompanhar-nos até o *schloss*.

Fomos bem-sucedidos nesse intento. Quando chegamos em casa, eu estava exausta, porém feliz, mas minha satisfação transformou-se em desapontamento quando eu descobri que não havia qualquer notícia de Carmilla. Não me deram nenhuma explicação quanto à cena que se desenrolara na capela em ruínas, e ficava claro que aquele era um segredo que meu pai estava determinado a esconder de mim, ao menos no momento.

A sinistra ausência de Carmilla tornava a recordação ainda mais horrível para mim. Os preparativos para a noite foram singulares. Duas criadas e Madame passariam a noite em meu quarto, enquanto o clérigo e meu pai manteriam vigília no quarto de vestir adjacente.

O padre conduziu naquela noite alguns ritos solenes, cujo propósito não entendi, assim como não conseguira atinar com a razão das precauções extraordinárias visando a minha segurança durante o sono.

Entendi com clareza alguns dias depois. Com o desaparecimento de Carmilla, chegaram ao fim meus padecimentos noturnos.

Já deve ter ouvido falar, sem dúvida, da assombrosa superstição corrente na Alta e na Baixa Estíria, na Morávia, na Silésia, na Sérvia turca, na Polônia e mesmo na Rússia; a superstição, podemos chamá-la assim, do *vampiro*.

É difícil negar, ou sequer questionar, a existência de um fenômeno como o do vampiro quando existe o testemunho humano, tomado sob juízo com muito detalhe e toda a solenidade diante de incontáveis comissões, cada uma constituída por múltiplos membros escolhidos por sua integridade e sabedoria, as quais produzem relatórios talvez mais volumosos que os de qualquer outro tipo de processo.

De minha parte, nunca ouvi qualquer teoria que explicasse os fatos que testemunhei e pelos quais passei, exceto a que é fornecida pela tradicional e bem atestada crença difundida na região.

No dia seguinte, os procedimentos formais foram conduzidos na capela de Karnstein.

O túmulo da condessa Mircalla foi aberto. Tanto o general quanto meu pai reconheceram suas respectivas hóspedes, pérfidas e belas, no rosto que apareceu exposto à vista de todos. Cento e cinquenta anos haviam-se passado desde o funeral, mas as feições estavam coradas com o calor da vida. Os olhos estavam abertos, e do caixão não exalava qualquer odor cadavérico. Dois homens da medicina, um deles presente na condição legal, o outro representando o promotor do inquérito, atestaram o fato miraculoso de que havia uma respiração leve mas perceptível, e a correspondente atividade do coração. Os membros tinham perfeita flexibilidade e a carne era viçosa. O caixão pesado estava inundado com sangue, uma camada de uns dez centímetros na qual o corpo estava imerso. Faziam-se presentes, pois, todos os sinais e provas conhecidos do vampirismo. Assim, em concordância com as práticas tradicionais, o corpo foi erguido e uma estaca aguçada foi cravada no coração da vampira, que nessa hora soltou um guincho penetrante, em tudo semelhante ao que escaparia a uma pessoa viva no último momento de agonia. Então a cabeça foi cortada fora e o sangue jorrou do pescoço secionado. A seguir, o corpo e o coração foram colocados sobre um pilha de lenha e reduzidos a cinzas, que foram atiradas no rio para que as águas as levassem embora. Nunca mais, desde então, aquele território foi perturbado pelas visitas de um vampiro.

Meu pai tem um cópia do relatório da Comissão Imperial, trazendo anexadas as assinaturas de todos aqueles que estiveram presentes durante o ato e que deram fé de todas as declarações. Foi a partir desse documento oficial que sintetizei meu relato acerca desta impressionante última cena.

XVI. Conclusão

Pode parecer que escrevo com serenidade meu relato. Longe disso. Não consigo pensar nele sem agitar-me. Não fosse seu desejo solene, expresso tão repetidas vezes, eu não teria conseguido forçar-me a sentar e realizar uma tarefa que por meses afetou-me os nervos e trouxe de volta a sombra de um horror inominável, que tantos anos depois de minha provação continua a tornar terríveis meus dias e noites, e aterrorizantes os momentos de solidão.

Deixe-me acrescentar uma palavra ou duas acerca do singular barão Vordenburg, cujos conhecimentos peculiares permitiram encontrar a sepultura da condessa Mircalla.

Estabelecido em Gratz, onde vivia com uma miséria, que era tudo o que restara dos outrora principescos bens de sua família na Alta Estíria, ele devotava-se a uma detalhada e laboriosa investigação da tradição do vampirismo, autenticada de forma extraordinária, e tinha ao alcance da mão todos os documentos, grandes e pequenos, sobre o assunto. *Magia Posthuma, Phlegon de Mirabilibus, Augustinus de cura pro Mortuis, Philosophicae et Christianae Cogitationes de Vampiris*, por John Christofer Harenberg, e mais um milhar deles, dentre os quais lembro-me apenas dos poucos que emprestou a meu pai. Ele possuía uma compilação volumosa de todos os casos judiciais, dos quais extraíra um sistema de princípios que pareciam governar a condição vampiresca. Alguns funcionavam sempre, outros apenas ocasionalmente. Posso mencionar, de passagem, que a palidez cadavérica atribuída a este tipo de mortos-vivos é mera ficção melodramática. Eles apresentam, no túmulo e ao exibirem-se na sociedade humana, uma aparência de vida saudável. Quando expostos em seus caixões, mostram todos os sintomas que serviram como prova da vida vampiresca da há muito falecida condessa de Karnstein.

A forma como saem da tumba e a ela retornam, em horas determinadas do dia, sem remover a argila que sela a campa, nem deixar vestígio algum de perturbação no caixão e na mortalha, sempre foi tida como totalmente inexplicável. A existência anfíbia do vampiro é mantida pelo sono na sepultura, renovado todos os dias. Seu apetite horrendo por sangue fornece-lhe o vigor para as horas em que se mantém desperto. O vampiro tende a sentir uma fascinação arrebatadora, assemelhada à paixão do amor, por algumas pessoas em particular. Ao persegui-las, lança mão de paciência e estratagemas inesgotáveis, pois o acesso ao seu objeto de interesse pode estar obstruído de mil formas, e ele nunca desiste até ter saciado sua paixão, drenando a vida da vítima tão cobiçada. Nesses casos, ele cultiva e prolonga seu deleite assassino com os requintes de um epicurista, intensificando-o por meio da aproximação gradual e de uma corte elaborada, cujo objetivo parece ser a conquista de alguma coisa como cumplicidade e consentimento. No caso de vítimas comuns, ele as domina com violência num ataque direto, para estrangulá-las e exauri-las, muitas vezes, num único festim.

Em certas situações, o vampiro parece estar sujeito a condições especiais. No caso particular que aqui relatei, Mircalla parecia estar presa a um nome que, não sendo o verdadeiro, deveria ao menos reproduzi-lo num anagrama, sem omissão ou adição de uma única letra. Era o caso de Carmilla e, da mesma forma, Millarca.

Meu pai contou ao barão Vordenburg, que ficou conosco durante duas ou três semanas após a destruição de Carmilla, a história do nobre morávio e o vampiro no cemitério de Karnstein, e então perguntou-lhe como tinha descoberto a posição exata do jazigo há muito perdido da condessa Mircalla. As feições grotescas do barão franziram-se em um sorriso misterioso; ainda sorrindo, ele baixou os olhos para o estojo gasto de seus óculos e manuseou-o por um instante. Então ergueu o olhar e disse:

— Tenho vários diários e documentos escritos por esse homem admirável, e o mais curioso deles é o que trata da visita a Karnstein, que o senhor relatou. A tradição, é claro, enevoa e distorce um pouco os fatos. Ele pode ter-se dado a conhecer como um nobre da Morávia, pois estabeleceu ali sua residência e era, de fato, um nobre, mas a bem da verdade era nativo da Alta Estíria. É suficiente dizer que, quando muito jovem, consumia-o um amor apaixonado pela bela Mircalla, condessa de Karnstein, que lhe retribuía as atenções. A morte prematura dela lançou-o num pesar inconsolável. É da natureza dos vampiros crescer e multiplicar-se, mas seguindo uma lei definida e espectral.

"Imagine, para começar, um território perfeitamente livre dessa praga. Como ela tem início, e como se espalha? Conto-lhe. Uma pessoa de certa perversidade põe fim à própria vida. Em determinadas circunstâncias, um suicida torna-se um vampiro. Tal espectro visita os vivos adormecidos. Eles morrem e, em suas covas, quase sem exceção, transformam-se em vampiros. Foi o que aconteceu no caso da bela Mircalla, que foi atacada por um desses demônios. Meu antepassado, Vordenburg, cujo título ainda carrego, descobriu tal fato e, no decorrer dos estudos a que se dedicou, aprendeu muito mais.

"Entre outras coisas, ele concluiu que a suspeita de vampirismo recairia, mais cedo ou mais tarde, sobre a falecida condessa, a que em vida ele idolatrara. Ficou horrorizado com a possibilidade de que os restos dela fossem profanados no furor de uma execução póstuma. Ele estava de posse de um documento curioso, onde ficava provado que o vampiro, depois de expulso da existência dupla, era lançado numa vida ainda mais horrível, e decidiu salvar desse destino sua outrora amada Mircalla.

"Ele adotou um estratagema: veio para cá, fingiu a remoção dos restos dela e obliterou seu sepulcro. Quando a idade o venceu, do alto de seus anos ele olhou para trás, para as cenas que estava deixando, e, ponderando com novo espírito sobre o que havia feito, foi possuído pelo horror. Preparou os desenhos e as notas que me guiaram até o ponto exato e redigiu uma confissão da fraude que praticara. Se tinha planos para alguma outra ação, a morte o impediu. E foi a mão de um descendente longínquo que, embora tarde para muitas vítimas, guiou a caçada até o covil da besta."

Ainda conversamos mais um pouco, e entre outras coisas ele disse:

— Um dos sinais do vampiro é a força com que podem agarrar algo. A mão esguia de Carmilla fechou-se como um torno de aço ao redor do pulso do general quando ele ergueu o machado para golpeá-la. Esse poder não se limita ao ponto que a mão segura. O membro que foi agarrado fica entorpecido, e sua recuperação, se acaso chega a ocorrer, é muito lenta.

Na primavera seguinte meu pai me levou para um *tour* pela Itália. Estivemos viajando por mais de um ano, e voltamos muito antes que o terror dos acontecimentos recentes se atenuasse. E até hoje a imagem de Carmilla volta a minha mente alternando-se de forma ambígua: ora a bela jovem, brincalhona e lânguida, ora o monstro assustador que vi na capela em ruínas. E com frequência desperto de meus devaneios imaginando ouvir os passos leves de Carmilla na sala de estar.

Posfácio: sobre o autor e a obra

Joseph Thomas Sheridan Le Fanu (1814-1873), irlandês nascido em Dublin, foi um dos mais importantes escritores de histórias de fantasma no século XIX, com uma influência decisiva no desenvolvimento deste gênero na época vitoriana. Estudou Direito, mas não exerceu a advocacia, substituindo-a pelo jornalismo. Foi proprietário de vários periódicos, incluindo o *Dublin University Magazine*, no qual publicou, de forma anônima, boa parte de sua ficção.

Era um artista meticuloso e costumava retrabalhar e expandir textos anteriores em novas obras. Escreveu a primeira história de fantasmas em 1838, e passou a escrever em tempo integral em 1858, quando se tornou praticamente um recluso após a morte de sua esposa, levada por uma doença misteriosa que a consumiu muito devagar. Ao longo da vida, escreveu inúmeros romances, mas foram os contos de horror e mistério que o tornaram conhecido.

Especializou-se em criar uma atmosfera, mais do que o horror explícito, e tinha como característica marcante não declarar abertamente a natureza sobrenatural dos fatos, mas sempre deixar em aberto alguma explicação natural, por mais improvável que fosse. O interesse por fenômenos paranormais, alucinações, hipnose e sonambulismo deram origem a algumas de suas histórias mais memoráveis.

Admirado por James Joyce e Henry James, foi reconhecido como uma influência importante por vários autores de literatura sobrenatural e fantástica do início do século XX, como Algernon Blackwood e E. F. Benson. Considerando sua importância para a literatura de horror, é surpreendente que não seja mais conhecido do grande público. Durante décadas após sua morte, permaneceu na obscuridade, provavelmente por conta dos temas que explorou, já que os críticos literários nunca deram muito valor ao horror sobrenatural, ignorando os escritores que se dedicavam a ele.

Seus primeiros doze contos, escritos entre 1838 e 1840, foram reunidos em *The Purcell Papers* (1880), volume que seria o legado literário do Padre Purcell, um religioso católico do século XVIII. Ambientados em sua maioria na Irlanda, incluem algumas histórias clássicas de horror gótico, com castelos lúgubres, visitantes sobrenaturais de além-túmulo, loucura e suicídios.

O livro mais conhecido do autor é *In a Glass Darkly* (1872), uma antologia com cinco contos de horror e mistério. Usando um artifício comum à época, com o qual os escritores buscavam dar uma aura de veracidade a sua ficção, os relatos não são feitos diretamente pelo narrador, mas atribuídos a outra pessoa, que teria sido testemunha ou partícipe dos eventos. Le Fanu apresenta-os como sendo parte das memórias de um falecido estudioso de fenômenos paranormais, o doutor Martin Hesselius, que pode ser considerado um precursor de van Helsing, o erudito caçador de vampiros do *Drácula*, de Bram Stoker.

Entre os contos que compõem a antologia está "Carmilla", que já havia sido publicado na revista *The Dark Blue*, em três partes, de dezembro de 1871 a março de 1872. Ainda hoje, este é um dos contos de vampiros mais conhecidos, tendo estabelecido várias referências para a literatura que se seguiu. O próprio Stoker deve tê-lo lido e usado como material de pesquisa para *Drácula*, embora não tenha deixado registros escritos disso. Seu conto "O Convidado de Drácula", por exemplo, passa-se na Estíria e faz menção a uma condessa que lembra o personagem de Le Fanu.

Como os autores que o precederam, Le Fanu mistura elementos do folclore com as tradições literárias já estabelecidas e, ainda, com suas próprias contribuições. Uma fonte importante de informações foi a obra do monge beneditino francês Antoine Augustin Calmet, *Traité sur les apparitions des esprits et sur les vampires ou les revenans de Hongrie, de Moravie, etc.* (Tratado sobre a aparição de espíritos e sobre os vampiros ou desmortos da Hungria, da Morávia etc.), de 1751; a história contada pelo lenhador foi adaptada a partir de um relato incluído nesse tratado, assim como as descrições dos procedimentos formais para a destruição de um vampiro. Das lendas populares, Le Fanu tomou a capacidade dos cães de detectar o morto-vivo (na cena do saltimbanco no castelo) e a habilidade dos vampiros de adquirir uma forma animal. A relação do vampiro com as noites de luar intenso parece provir do conto pioneiro de John Polidori ("O vampiro", de 1819), e a menção à Morávia tem precedentes em narrativas de Alexei Tolstoi ("A família do Vurdalak", de 1847) e de Alexandre Dumas ("A dama pálida", de 1849). Alguns detalhes parecem vir da imaginação de Le Fanu, como o apego do vampiro a aliterações de seu nome original, ou o efeito debilitante de sua mão ao segurar uma pessoa.

Um aspecto que chama a atenção do leitor moderno, que já foi alvo de incontáveis análises literárias, é a predileção de Carmilla por mulheres. Sua sexualidade é abordada com a discrição própria de então, mas não há como negar a atração pela narradora Laura, ou o fato de só atacar mulheres. Apesar da tendência moderna de ver certa apologia ao homoerotismo, na verdade o conto encaixa-se num cenário mais amplo. Tanto a sexualidade feminina agressiva quanto a homossexualidade eram vistas pela sociedade vitoriana como uma degeneração dos códigos morais e sociais. Essa concepção foi associada por Le Fanu aos elementos da literatura vampiresca, dando à preferência e aos hábitos de sua vampira uma conotação maléfica e indesejada, inserindo a *femme fatale* em um contexto moralizante.[12] Além de Le Fanu, outros escritores o fizeram, como Eliza Lynn Linton, em *The Fate of Madame Cabanel* (1880), e Anne Crawford, em *Um mistério da Campagna* (1887).

Outro detalhe digno de nota é que, embora Carmilla trate a maioria das vítimas como mero alimento, necessário para manter sua *desvida* vampírica, por algumas ela sente uma paixão irresistível. De maneira sintomática, estas parecem pertencer exclusivamente à classe social mais elevada, o que de certa forma obedece à rígida estratificação social da Inglaterra vitoriana.

---

12. ARGEL, M.; MOURA NETO, H. *O vampiro antes de Drácula*. São Paulo: Aleph, 2008. p. 41-2.

Antes de *Carmilla*, Le Fanu flertou com o tema vampírico na noveleta "Spalatro: from the notes of fra Giacomo" (1843), publicada anonimamente, e reconhecida apenas em 1980 como de sua autoria. Em um cenário italiano tipicamente gótico, um jovem enamora-se de uma mulher belíssima que é, na verdade, uma *desmorta* tomadora de sangue. A paixão lança-o em uma procura incessante, que em si também tem uma qualidade vampiresca, consumindo-o em um "longo e obsessivo desejo não satisfeito". Essa morta-viva de beleza fascinante prenuncia a vampira Carmilla. Além disso, surgem detalhes que o escritor voltará a utilizar no conto posterior, como a semelhança incrível entre um retrato muito antigo e uma pessoa ainda jovem, e a visão de um vulto indistinto e sombrio deslizando da cama para o chão no meio da noite.

A história de *Carmilla* inspirou vários filmes, ficando atrás apenas de *Drácula* em número de adaptações para a tela grande. Merecem destaque *Et mourir de plaisir* (1961, direção de Roger Vadim, com Elsa Martinelli e Annette Stroyberg) e *The Vampire Lovers* (1970, Hammer Films, direção de Roy Ward Baker, com Peter Cushing e Ingrid Pitt). Também foi inspiração para grande quantidade de romances, histórias em quadrinhos, músicas, adaptações teatrais, séries e *videogames*. Uma *web serie* canadense recente, *Carmilla* (2014-2016, criação de Jordan Hall, com Elise Bauman e Natasha Negovanlis) recebeu críticas muito favoráveis, sobretudo pelo elenco majoritariamente feminino e pela abordagem moderna de sexualidade e gênero, sendo comparada com a já clássica série *Buffy, the Vampire Slayer* (1997--2003, criação de Joss Whedon, com Sarah Michelle Gellar).

Martha Argel
Humberto Moura Neto

Este livro foi impresso pela Gráfica Rettec
em fonte Adobe Jenson Pro sobre papel Pólen Bold 90 g/m²
para a Via Leitura no inverno de 2022.